Katjas amouröse Abenteuer

Vorwort

„Jeder ist seines Glückes Schmied"

Nur in einer Ehe ist man nicht allein und jeder hat andere Vorstellungen vom Glück.

Dem Schicksal zu entkommen vermag wohl niemand,

aber man kann sich an Schönem erfreuen

und sich dessen bewusst werden, dass es nicht nur solches gibt.

****

Sollte die eine oder andere Person sich in der Geschichte zu erkennen glauben, so kann es sich nur um eine Laune des Schicksals handeln.

Inhaltsverzeichnis

Frühlingsgefühle und Ehealltag

Die schöne Katja wuchs in einem konservativen, streng religiösen Elternhaus auf und war der Stolz ihrer Eltern. Ihrer Schönheit und erotischen Ausstrahlung war sie sich nicht bewusst.

In der vornehmen Gegend mit Villen der Jahrhundertwende stand ihr Elternhaus, zu dem ein großer Garten mit altem Baumbestand gehörte. Katja liebte diesen Garten. Oft konnte man sie dort lesend auf einer der versteckten Bänke, oder träumend unter einem Baum liegend finden. Katjas Vater hatte ein Biotop angelegt, welches mit ausgesuchten Pflanzen einer Vielzahl von Tieren als Lebensraum diente. Sein besonderer Stolz waren die vielen Schmetterlinge. Katja liebte diese seit ihrer Kindheit und erfreute sich an deren Formen, Farben und ihrer Zartheit. Leider verweilten sie nie lange auf den Blüten, was ein ausgiebiges Betrachten unmöglich machte. Schon als Kind wollte sie die Schmetterlinge streicheln, dies erlaubte Vater nicht. „Wenn du sie angreifst, sind die samtweichen Flügel kaputt. Schau sie dir an und freue dich, so wie ich mich freue, wenn sie ihre Flügel ausbreiten um zu fliegen."

In der schönen Jahreszeit speiste die Familie entweder auf der Terrasse oder unter dem riesigen Nussbaum. In seinem Schatten standen im Sommer elegante Gartenmöbel, die zum Verweilen einluden.

Nach der Arbeit ging Katja, wie man es von ihr erwartete, sofort nach Hause. Ihre Arbeitskolleginnen oder Freundinnen saßen lieber in den Cafés und verstanden Katja nicht.

Bei ihren Spaziergängen durch den Garten fiel Katja auf, dass der junge Mann vom hinteren Nachbargrundstück jede Gelegenheit nutzte, sie zu grüßen und einige Worte mit ihr zu wechseln. Bisher hatten sie kaum Kontakt gehabt, denn er war um fast zehn Jahre älter. Katja freute sich, dass der junge Mann sie bemerkte und so konnte sie feststellen wie sie als junge Frau wirkte. Bekannt war nur, dass seine Eltern immer Streit hatten, was auch im Garten zu hören war. Angeblich ließ sein jähzorniger Vater nicht nur am Sohn, sondern auch an dessen Mutter seinen Zorn aus.

Katja fühlte sich geschmeichelt, dass der gut aussehende Nachbar an ihr Interesse zeigte, was er mit entsprechenden Komplimenten zum Ausdruck brachte. Es ging so weit, dass beide aus dem Geräteschuppen Stehleitern holten, sodass Gerhard ungehindert über den Zaun klettern konnte. Dies führte schließlich dazu, dass die achtzehn Jahre alte Katja ihre ersten Erfahrungen in Sachen Liebe machte. Es wurde ihr bewusst, dass in ihrem Körper die Sehnsucht nach Zärtlichkeit aufkeimte. Nach den ersten scheuen Versuchen war es für sie ein überwältigendes Erlebnis, wenn Gerhards Hände den Ort ihrer rebellischen Sehnsucht erreichten. Ein wohliger Schauer durchrieselte sie dabei, ihrem gut entwickelten Busen schenkte er kaum größere Aufmerksamkeit.

Die Zweisamkeit der Beiden blieb nicht unbemerkt. Man hatte auch nichts dagegen, dass sie ihre Liebesbande knüpften, denn es sprach einiges dafür. Nach den Kriegsjahren legte Vater großen Wert darauf, dass der potenzielle Ehemann einen ordentlichen Beruf hatte, älter war und eine Familie erhalten konnte. Ihre freie Zeit verbrachten sie gemeinsam, und es gab für beide keine anderen Freunde oder gar Liebschaften. Die Familien beschlossen aus diesem Grunde einer Heirat zuzustimmen.

*

Das junge Paar baute ein Haus, Kindersegen stellte sich ein, und alle waren davon überzeugt, dass die inzwischen Dreiundzwanzigjährige das große Los gezogen hatte. Der Hausbau, das Einrichten, die Kinder, die täglichen Sorgen und Pflichten, die notwendigen Arbeiten im Garten dem Mann die entsprechende Dankbarkeit für all das Glück in anerzogener Demut entgegen zu bringen, ließen die Jahre verstreichen. Das Kinderzimmer bewohnten die Söhne Tobias, Robert und der vier Monate alte Peter. Durch das ausgefüllte Familienleben maß Katja dem Umstand, dass sich das Liebesleben nur nach dem Wunsch des Mannes richtete, kaum Bedeutung bei. Diese Augenblicke dienten dazu, dem momentanen Drang des Mannes nachzukommen, wobei sich dieser, dank Katjas guter Küche, mit seinen hundert Kilo auf sie rollte und sich schnaubend in Sekundenbruchteilen in ihr entlud. Nette Worte, Schmeicheleien wie einst im Garten oder die zielstrebigen, forschenden Hände, die damals mangels ausgiebiger Gelegenheit Wonnen bereiten konnten, wurden immer seltener. Wenn Gerhard Lust verspürte, griff er ihr zwischen die Beine und erwartete, dass sie diese öffnete.

Darüber hinaus war der Alltag vom Vorbild seines Vaters geprägt. Obwohl er diesem nie ähnlich sein wollte, stellte Katja fest, dass Gerhard sehr wohl dessen Anschichten vertrat, was er ihr mit Worten deutlich machte. „Ich erhalte die Familie. Die Kinder, ihre Probleme sind deine Sache und vor allem - sie haben zu folgen. Ich will damit nicht behelligt werden. Ich will, wenn ich nach Hause komme, ein ruhiges, friedliches Haus vorfinden und mir nicht deine nebensächlichen Sorgen und Nöte anhören oder darüber debattieren. Ich bin auch an dem allgemeinen Klatsch nicht interessiert, damit musst du selber klar kommen, so wie ich in meiner Arbeit.“

Er konnte wie sein Vater toben und entsprechend zuschlagen, wenn er sich über die Kinder ärgerte. Natürlich reagierte sie wie alle Mütter dieser Erde, sie stellte sich vor die Kinder. Dies veranlasste ihn mit der Zeit, alles mit der stereotypen Aussage abzutun: „Du bist mit deiner Erziehung selber Schuld, du hast immer Ausreden für ihr Verhalten, bist gegen jegliche Strenge, stellst dich sogar gegen mich."

Dennoch versuchte Katja mit ihm über familiäre Probleme zu reden, aber er reagierte wortkarg, mürrisch, ihr Mann beendete solche Diskussionen mit Schweigen. Diese Auseinandersetzungen führten dazu, dass er tagelang außer einem Gruß beim Kommen und Gehen nicht mit ihr oder den Kindern sprach und falls doch, dann nur, wenn die Kinder nervten. Ihre Versuche, etwas mehr Harmonie in ihre Ehe zu bringen, tat er mit den Worten ab: „Du liest zu viele Bücher, deine Aufgabe ist, dich um die Familie zu kümmern, das Geld bringe ich nach Hause. Was willst du also von mir, jeder tut das Seine und deine Probleme interessieren mich nicht, du hast keinen Grund unzufrieden zu sein."

*

Katja liebte die Adventzeit und versuchte dieser etwas Besonderes abzugewinnen, was ihr aber durch den Alltag und die familiären Umstände nicht wirklich gelang. Umso mehr genoss sie dann die Stunden des Alleinseins, den Duft vom Reisig, den brennenden Honigkerzen und den Duft von Bratäpfeln, wenn sie ihren Adventkranz band. Weihnachten war immer mit viel Arbeit verbunden, denn sie musste sich um alles kümmern, was sie den Kindern zuliebe gerne erledigte. Die Weihnachtszeit war die schlimmste, denn es störte ihn alles, er nörgelte um des Nörgelns Willen. Er fand das ganze Tamtam unnötig, bei seinen Eltern gab es das auch nicht. Katja konnte sich nie mit ihm beraten, was sie für die Kinder kaufen sollten. „Es ist mir egal, was die Kinder kriegen, fragst mich ja auch das ganze Jahr nicht, wenn du etwas kaufst."

Mit der Zeit wurde ihr bewusst, dass sie ihre „Männer" nicht mehr ändern konnte. So musste sie hinter allen wegräumen, einschließlich hinter dem Vater der es ja vorlebte. Mittags und abends kochen, dem Essen wurde von allem reichlich zugesprochen. Probleme mit ihm zu besprechen waren aussichtslos, denn sehr oft endeten diese Debatten mit Schweigen man konnte nie vorhersehen wie er reagierte.

Beide waren in der Pfarrgemeinde tätig; Katja bei der katholischen Frauenbewegung, wo sie in erster Linie Selbstbestätigung suchte. Er engagierte sich als Jungschar-Führer und stellte bei der Feuerwehr seinen Mann. Dies bestärkte nach Außen den Anschein einer glücklichen Familie. Niemand hätte auch nur geahnt, dass sich die beiden bereits weit auseinander gelebt hatten.

Die zwischenmenschlichen Bedürfnisse hatten sich nach den seltenen Wünschen des Mannes zu richten und waren zu Ende bevor sie noch begonnen hatten. Danach lag sie noch lange wach, während er bereits tief und fest schlief, als hätte er schwerste Arbeit verrichtet. Sie horchte in ihren rebellierenden Körper, der sich nach Zärtlichkeiten sehnte. In solchen Momenten fanden ihre Hände nicht nur zu ihrem lodernden Schoß, sondern umspielten auch die Brüste, wobei sie sich bis zum Orgasmus reizte, die absolute Erlösung hinausschreien wollte, diese aber still genießen musste. Dafür hätte er kein Verständnis gehabt und ihr Handeln wäre für ihn reine Perversion gewesen. Gerhard wäre in seiner Männlichkeit zutiefst gekränkt gewesen - hatte er doch seine Pflicht erfüllt. Katja vermisste die anfänglichen Spielereien und Zärtlichkeiten so sehr, dass sie versuchte mit Gerhard darüber zu reden, aber dies war ein großer Fehler. Gerhard verließ kommentarlos das Zimmer und sprach drei Wochen nicht mit ihr.

Die Sommerlager der Pfarrgemeinde boten Abwechslung und sie bedeuteten auch Ferien vom Partner. Die Frauen fuhren mit den kleinen Kindern in feste Unterkünfte, er dagegen fuhr mit den älteren auf Zeltlager. Dass auf solchen Sommerlagern der Badespaß nicht zu kurz kam, war eingeplant. Nicht eingeplant war das Sommergewitter, welches rasch den Himmel verdunkelte und starke Windböen vorausschickte. Katja stand im Wasser um die restlichen, immer noch herumtollenden, nicht hören wollenden Wasserratten heraus zu holen, denn man wollte vor dem Regen in der Unterkunft sein. Sie verspürte einen heftigen Schlag im Rücken und im selben Augenblick schaukelte ein Wellenbrett an ihr vorbei. Im letzten Moment konnte sie dieses noch fassen, bevor es ein Kind traf.

Abends schmerzte der Rücken und man stellte einen Bluterguss fest. Da der Schmerz immer ärger wurde und ihre Beweglichkeit sehr eingeschränkt war, suchte sie den Gemeindearzt des Ferienortes auf. Dieser verabreichte ihr eine Spritze und verordnete etwas Schonung.

*

Die täglichen Pflichten und Arbeiten konnten nur mit Schmerzen verrichtet werden bis Katja sich entschloss, doch einen Spezialisten aufzusuchen, der eine Verletzung eines Wirbels feststellte und zu einem operativen Eingriff mit anschließendem Kuraufenthalt riet. Die Operation verlief äußerst positiv und nach dem Spitalsaufenthalt wurde sie sofort nach Schallerbach zur Rehabilitation geschickt.

Schon im Spital begann sie über ihr bisheriges Leben nachzudenken und über die Tatsache, dass sie mit fünfunddreißig beinahe im Rollstuhl gelandet wäre. Katja ließ auch kein schlechtes Gewissen hinsichtlich der allein gelassenen Kinder aufkommen. Da die gegenseitige Hilfe bei den Frauen der Pfarre selbstverständlich war, wurden ihre Kinder von diesen für die Dauer der Kur in deren Familien aufgenommen. Um ihren Mann brauchte sie sich überhaupt keine Sorgen machen, er wurde von seiner Mutter bekocht.

In den achtzehn Tagen Spitalsaufenthalt hatte ihr Gerhard gezeigt wie wichtig sie ihm war, denn er war ein einziges Mal mit Sebastian, dem vierjährigen Nachzügler, bei ihr zu Besuch. Tobias, Robert und Peter besuchten sie öfter mit dem Rad. Die drei waren sehr verschieden. Tobias und Robert waren der ganze Vater, sowohl in der Statur als auch in den Charakterzügen kam dies zum Vorschein. Sebastian war Katjas besonderer Stolz, denn er liebte seine Mama und wenn es Debatten gab oder er merkte, dass es ihr nicht gut ging, dann war er immer bei ihr als müsste er sie beschützen oder trösten.

Zwei Jahre nach der Geburt von Sebastian wurde bei einer routinemäßigen Untersuchung beim Frauenarzt ein Myom entdeckt und sie unterzog sich einer Courettage. Da Katja die Pille nicht vertrug und für Gerhard Verhütung kein Thema war, ließ sie sich anlässlich des Aufenthaltes im Krankenhaus die Eileiter unterbinden, da sie keine weiteren Kinder wollte.

Der Kuraufenthalt

Katja konnte es kaum glauben, sie war auf einmal die wichtigste Person. Alle waren um ihr Wohlergehen besorgt. Für sie war es völlig ungewohnt sich morgens, mittags und abends an einen gedeckten Tisch zu setzen und die fertigen Speisen zu genießen. Ihre täglichen Pflichten beschränkten sich darauf, die verordneten Therapien einzuhalten. Auch der Umstand, dass sie den Rest des Tages ohne schlechtes Gewissen für sich verwenden konnte, war ihr neu. An den freien Nachmittagen konnte man mit anderen Kurgästen lange, ausgedehnte Spaziergänge unternehmen. Da Wald- und Feldwege mit einem sportiven Schuh besser zu bewältigen waren als mit ihren hohen Pumps, entschloss sie sich, zum Kauf von schicken Sportschuhen.

Heute war ihre erste Behandlung für dreizehn Uhr angesetzt, also nützte Katja den Vormittag. Ihr Weg führte sie auch ins Postamt, um mit ihrem Mann zu telefonieren. Das Gespräch verlief genauso wie sie es befürchtet hatte: „Was willst, es ist alles in Ordnung und wenn es nicht so wäre, könnten wir es auch nicht ändern, ich muss zu meiner Arbeit."
„Wie geht es den Kindern?"
„Wie soll es ihnen gehen? Gut", und schon war das Telefon stumm, er hatte ganz einfach aufgelegt. Sie war über seine ablehnende Art sehr enttäuscht und vertröstete sich auf abends, um dann bei den Freundinnen anzurufen und zu erfahren wie es den Kindern geht.
Obwohl Katja sich für eine Diät entschieden hatte, betrat sie die Konditorei und bestellte Kaffee und Kuchen. Traurig und niedergeschlagen trank sie den Kaffee, kostete den Kuchen, ohne wirklich zu schmecken, was sie aß. Dann plagte sie noch ihr schlechtes Gewissen, denn die Mehlspeise mit viel Buttercreme passte so gar nicht zur Diät. Beim Verlassen des Lokals fiel ihr Blick auf ein Plakat, welches darauf hinwies, dass täglich im Kurpark Konzerte stattfinden. Katja beschloss, diesen, sofern sie keine Behandlungen hatte, beizuwohnen, denn Musik war seit eh und je Balsam für ihre Seele.

Der Tag begann mit strahlendem Sonnenschein. Katja ging nach der empfohlenen Mittagsruhe in den Kurpark, setzte sich in die erste Reihe, um die flanierenden Kurgäste zu betrachten, was für sie immer schon ein Vergnügen gewesen war. Die Reihen füllten sich. In ihrem Blickfeld tauchte ein dunkel gekleideter Mann mit Geigenkasten auf. Sein Weg führte an der ersten Reihe vorbei. Er schenkte ihr ein freundliches Lächeln und nickte mit dem Kopf, als sich ihre Blicke trafen. Er betrat das Podium, setze sich neben den ersten Geiger. Katja sah ihm zu, wie er seine Geige liebevoll aus dem Kasten nahm und sich einspielte. Es war unvermeidlich, dass sich ihre Blicke trafen.

Die beschwingten Operettenmelodien, die wärmenden Sonnenstrahlen, seine gelegentlichen Blicke, die nur ihr gelten konnten, all dies versetzte sie in Hochstimmung.

Das Konzert war zu Ende, der Applaus verklungen, die Kurgäste gingen wieder ihrer Wege. Katja saß noch immer auf ihrem Platz. Den Klang der Musik noch im Ohr, ein Lächeln auf dem Gesicht, so verharrte sie, um dieses Erlebnis nachklingen zu lassen. Dazu kam noch dieses herrliche Gefühl der momentanen Freiheit. Schritte kamen näher, ein Schatten fiel auf sie, Worte drangen an ihr Ohr. „Es freut uns ganz besonders, dass Sie unsere Musik macht glücklich."
Sie sah auf und da stand er, mit seinem Geigenkasten.
„Ja, es war wunderbar."
„Ich hoffe, ich konnte beitragen mit meiner Geige, einer so schönen Frau Freude bereiten. Sie sahen so glücklich aus, will nicht stören. Haben verloren ihr Lächeln seit ich hier bin, will nicht Schuld sein."
„Nein, nein", stammelte sie, denn es wurde ihr bewusst, er sprach mit ihr.
„Wo ist ihr Mann mag er keine Musik?"
„Nein, er ist zu Hause bei den Kindern." *Warum erzähle ich das? Ich kenne diesen Mann nicht und lasse mich da ganz einfach ansprechen*, mahnte Sie ihre Erziehung. Zeit darüber nachzudenken blieb ihr keine.
„Ich möchte einladen Sie, auf Terrasse mit mir trinken einen Kaffee." Als er ihre ablehnende Reaktion bemerkte, sagte er: „Damit verstoßen nicht gegen gute Erziehung."
Sie fanden einen leeren Tisch und er bestellte zwei Kaffee. „Ich spiele drei Jahre in Orchester, habe Zimmer bei älterer Dame. Nach Saison wieder zurück nach Ungarn, dann spielen zum Tanz mit Freunden. Tanze gerne, Sie auch?"
„Ja, nur nach der Operation sollte ich es besser lassen."
„Warum kommen Sie nicht wie andere in Tenne? Müssen nicht tanzen, würden machen große Freude mit schöner Frau zu sitzen dort."
„Nein! In die Tenne finden sie genug Damen zum Tanzen. Ich lese lieber oder mache noch einen kleinen Spaziergang."
„Dann ich will spazieren mit Ihnen."
Irgendwie fühlte sich Katja in seiner Umgebung nicht ganz wohl. Er sah zwar blendend aus, war sicherlich um die vierzig, aber seine etwas aufdringliche oder besser gesagt bestimmende Art machte Katja unruhig. Außerdem benutzte er jede Gelegenheit, um sie irgendwo zu berühren. Dies rief teils Ablehnung, teils knisternde Atmosphäre hervor, wie seinerzeit, als sie mit ihrem Mann die ersten Zärtlichkeiten beim duftenden Fliederbusch ausgetauscht hatte. Als sie sich dessen bewusst wurde, drängte sie zum Aufbruch, was aber eher einer Flucht gleichkam.
„Was ich haben gemacht, dass Sie mich verlassen? Darf ich Sie begleiten zum Kurheim?"
„Nein! Danke, auch für den Kaffee", Katja ging, drehte sich aber augenblicklich um, entnahm der Geldbörse fünfzehn Schilling und legte

diese wortlos auf den Tisch. Dies geschah so schnell, dass er nicht reagieren konnte.

Sie war innerlich aufgewühlt, er hatte ihr Komplimente gemacht, an ihr Interesse gezeigt. Sie war aber über sich empört, denn sie ließ sich von einem fremden Mann ansprechen und ging dann noch mit ihm auf einen Kaffee. Sie spazierte Richtung Kurheim. Ihr Weg führte sie entlang der Flusspromenade, wo sie anderen Kurgästen begegnete. Katja wurde auf einmal bewusst, dass andere Männer ihr ebenfalls neugierige Blicke zuwarfen oder sich nach ihr umdrehten. Im Zimmer stellte sie sich sofort vor den Spiegel, konnte aber keinen Mangel an sich oder ihrer Kleidung feststellen, sondern fand an sich Gefallen. Die Weiblichkeit ihn ihr siegte, denn sie stellte für sich fest, dass sie sich in all den Jahren doch nicht zur grauen Maus gewandelt hatte.

Katja fieberte dem Konzert entgegen, setzte sich aber nicht in die erste Reihe, sondern mischte sich unter die Gäste. Er entdeckte sie dennoch, lächelte, nickte ihr zu. Er ließ sie kaum aus den Augen, nur wenn er unbedingt auf den Dirigenten achten musste.
Nach dem Konzert ging Katja sofort auf die Terrasse, legte automatisch die Handtasche auf einen weiteren Sessel und nahm die Getränkekarte zur Hand. Gäste fragten ob noch Platz sei, worauf Katja ohne von der Karte aufzublicken „nur zwei" erwiderte.
Das erste was sie sah, war der Geigenkasten. „Ich darf mich doch setzen, möchte wissen wie Konzert hat gefallen." Obwohl sie nicht allein am Tisch waren, versuchte er sie immer wieder zu berühren, wobei er an diesem Tag sein Knie unverschämt an das ihre drückte und ihr ganz heiß wurde.
„Heute ich sie möchte begleiten und abends kommen sie bitte in Tenne. Sie müssen nicht tanzen, aber möchte mit Ihnen sitzen am Tisch, jeder soll sehen, dass sie mich sympathisch finden. Sie sollen nicht kämpfen mit sich, ob ist richtig mit fremden Mann fortgehen. Denken sie, ich auch Kurgast, mit diesen sie gehen fort. Ich verspreche, wir setzen uns zu Tisch wo Frauen sind."

Der Abend verlief in sehr angenehmer Stimmung. Katja tanzte nun doch die langsamen Stücke mit ihm, denn er war ein brillanter Tänzer, man hatte das Gefühl zu schweben. Sie ertappte sich bei dem Gedanken, dass dieser Mann imstande wäre, sie - obwohl verheiratet - ihre Erziehung einfach vergessen zu lassen. Nicht nur ihr Körper, auch seiner war in Aufruhr, dies konnte er bei den langsamen, engen Tänzen kaum verbergen. Sie beendete den Tanz, seine spürbare Erregung hielt schon einige Zeit an, was Katja unangenehm wurde. Er aber sagte ganz unverfroren: „Glauben Sie mir, auch wenn wir sitzen, erregen Sie mich." Katja reagierte erbost: „Vielleicht gibt es Frauen, die Ihre unverschämte Art als Kompliment auffassen, aber mir geht das einfach zu weit. Fräulein, zahlen", rief sie der Kellnerin zu, die gerade in der Nähe war. Auch er bezahlte, bestand aber darauf sie zu begleiten. Sie willigte weder ein noch gab sie ihm zu verstehen, dass sie lieber allein sein wollte. Der laue Abend trug auch nicht dazu bei, ihre Erregung abzubauen und mit seinem Charme und seinen Komplimenten machte er es ihr nicht leichter.

In all den Jahren hätte ich mir manchmal solch kosende oder anerkennende Worte über mein Aussehen von meinen Mann gewünscht.

Beim Kurheim angekommen, küsste er sie flüchtig auf die Wange und sagte: „Morgen nach Konzert lade ich Sie zu mir, auf eine Tasse Kaffee, habe Zimmerfrau gesagt bringe Dame mit."

„Also so geht es überhaupt nicht", protestierte Katja. „Sie können doch nicht über mich bestimmen."

„Schlafen Sie gut und denken daran, ich träume von Ihnen, freue mich auf morgen", und weg war er.

Katja war verärgert, dass sie ihm nicht Einhalt geboten hatte. Es war ihr bewusst, dass sie seit Jahren nicht mehr ein solches Verlangen und Begehren nach einem Mann verspürt hatte. Sie lag lange wach und dachte daran, wie es wohl sein könnte, wenn sie sich ihm hingab. Das Ziehen in den Lenden nahm zu und je mehr sie daran dachte, umso mehr schrie ihr Körper nach Zärtlichkeit. Mit phantasievollen Traumbildern steigerte sie sich zum Höhepunkt.

Katja überlegte den ganzen Vormittag, ob sie überhaupt zum Kurkonzert gehen sollte, schließlich siegte das Verlangen nach einem Menschen, der ihr das Gefühl gab, begehrenswert zu sein. Sie kam, als das Konzert schon begonnen hatte, setzte sich bewusst in die letzte Reihe, damit sie nach dem Konzert fliehen konnte.

Ein Strahlen veränderte sein Gesicht, als er sie entdeckte.

Nach dem Konzert verließ sie gemächlich ihren Platz, ertappte sich aber dabei, dass sie nach ihm Ausschau hielt. Er kam lächelnd auf sie zu, versuchte sie wieder flüchtig zu küssen, doch sie drehte sich mit den Worten: „Doch nicht hier!" weg.

Sein kleines Zimmer war von der Nachmittagssonne durchflutet, die Kaffeekanne mit zwei Tassen sowie Kuchen standen bereit. Er wollte ihr aus der Kostümjacke helfen, was Katja dankend ablehnte. Sie setzte sich auf den einzigen Sessel im Zimmer. „Nicht doch, bitte hier auf Bank. Ist weicher als Sessel und Sie in meiner Nähe." Sie blieb aber auf dem Sessel sitzen. Er schenkte ein, reichte ihr Kuchen, sie kostete, da er herrlich duftete und noch warm war.

Plötzlich kniete er vor ihr, umschloss ihre Mitte, legte den Kopf in ihren Schoß. Automatisch kraulte sie ihm das Haar. Seine Finger versuchten den Rock zu öffnen, was ihm auch gelang. Als nächstes beschäftigte er sich mit ihrer Jacke, wobei sein Gesicht dem ihren sehr nahe war, sodass sie seinen Atem spürte und zärtlich weiche Lippen, die die ihren suchten. Der Bann war gebrochen. Es durchströmte sie nur noch Sehnsucht nach diesem Mann. Die Bluse war offen, seine Lippen küssten die Brust, welche er mit „wie wunderbar" begrüßte und sein Gesicht darin vergrub. Zunge, Lippen wechselten sich ab, mit den Händen streichelte er die Beine entlang bis er das Ende der Strümpfe erreichte. Da seine Hände durch den engen Rock in ihrem Tatendrang eingeschränkt waren, richtete sie sich auf und ließ den Rock zu Boden gleiten. Kaum war dieser am Boden, da küsste er das Ende der Strümpfe, bis seine Lippen am Slip angelangt waren. Seine Hände zogen den feuchten Slip tiefer, um mit Lippen und Zunge in das Paradies der Lust einzutauchen. Er drängte sie zum Bett. Nun, ohne Slip, mit der offenen Bluse, den Strümpfen empfing sie ihn. Er hatte sich bei all seinem Drängen und Fordern bereits seiner Hose entledigt und was sie sah, erregte sie noch mehr. Sein Speer loderte, versprach Wonnen, denn von klein und dick, wie sie es von zu Hause kannte, war keine Spur. Er lag auf ihr, ließ seine Lippen sanft über die erregte Haut gleiten, zog mit seiner Zunge kleine Kreise und plötzlich fühlte sie „ihn", tief in ihrem Inneren. Ein bisher nicht gekanntes Gefühl überrollte sie, welches sich in ihr gesammelt hatte und in Wellen ihren Körper durchbebte. Sie stöhnte und schrie ihren Orgasmus hinaus, bis sie von seinen Lippen zum Schweigen gebracht wurde. Er war in ihr, bewegte sich rhythmisch, was weitere Wellen und Wonneschauer folgen ließ. Plötzlich fühlte sie Leere, doch im gleichen Augenblick überflutete sein Sperma ihren Bauch, wobei er seinen Speer fest auf ihren Venushügel presste. Sie war hin und her gerissen zwischen Lust, Verlangen und dem Glücksgefühl des erlebten Orgasmus. So ein Empfinden hatte sie bis dahin nicht gekannt. Zeit und Raum waren vergessen, Moral und Erziehung vom Erlebten hinweggespült. Er war noch immer zärtlich, küsste sie überall und es war er, der sie darauf aufmerksam machte, dass sie zum Abendessen aufbrechen müsste.

Kling, klingeling, kling drang an ihr Ohr. Der Wecker mahnte sie zum Aufstehen. Katja streckte sich wie eine Katze und konnte nicht glauben so ausgeschlafen zu sein.
Sie erinnerte sich, das Abendessen kaum angerührt, sich wegen Unwohlsein bei der Tischgesellschaft entschuldigt zu haben und auf ihr Zimmer gegangen zu sein. Sie hatte sich in ihr Bettzeug gekuschelt und versucht das soeben Erlebte in Gedanken nochmals zu durchleben.
So frisch und herrlich hatte sie sich seit Jahren nicht mehr gefühlt. Das Gezwitscher der Vögel klang durchs offene Fenster, die Sonnenstrahlen spiegelten sich in den gegenüberliegenden Fensterscheiben und die Luft war erfüllt vom kühlen Morgen. Katja war um halb sieben für ein Schwefelbad eingeteilt, was ihr die Möglichkeit gab, weitere 20 Minuten in Erinnerungen an den gestrigen Nachmittag zu schwelgen.

Den Nachmittag und das Ende des Kurkonzertes konnte sie kaum erwarten. Sie träumte von einer Fortsetzung dieser so berauschenden Stunden. Kaum waren sie in seinem Zimmer, entledigte er sich seiner

Kleider und forderte sie auf, Gleiches zu tun. Katja war zwar etwas verwirrt, aber da sie bereits dem kommenden Treiben entgegen fieberte und ihr Körper schon in voller Erregung war, entledigte sie sich ebenfalls ihrer Kleidung. Er würdigte sie keines Blickes, sondern drängte sie zur Eile. Katja hatte diesmal eine besonders reizvolle, cremfarbene Unterwäsche mit einem Strumpfbandgürtel gewählt, die sich von ihrem braungebrannten Körper besonders abhob. Sie dachte, dass er bei diesem Anblick noch mehr in Stimmung kommen und sie dementsprechend verwöhnen würde. Aber sein ganzer Kommentar war: „Schau, wie sehr ich bin erregt, komm ins Bett." Kaum war sie in diesem, suchte er ohne die erhofften Zärtlichkeiten und Küsse den Eingang, um dann wie wild auf sie einzuhämmern.

Natürlich hatten die Kosungen, die leidenschaftlichen Küsse und Umarmungen, sie gestern in diesen Taumel der Lust versetzt, aber heute fehlte dies alles. Dabei hatte sie auf dem Weg zu seinem Zimmer an das gemeinsam Erlebte gedacht, war bereit, aufgewühlt, jedoch der erhoffte Orgasmus blieb aus. Er war nur darauf bedacht so schnell wie möglich seinem Höhepunkt zuzustreben, überflutete ihr Inneres, stand auf: „Habe leider noch Weg. Morgen habe ich Zeit, tut Leid. Komm bitte, muss gehen. Wir sehen uns ja morgen wieder."

Sie war über sich entsetzt, Schuldgefühle wurden wach, nicht einmal seinen ganzen Namen wusste sie. Zum Glück konnte nichts passiert sein. Wie konnte sie sich von ihren Gefühlen, den Schmeicheleien so sehr verzaubern lassen, dass sie sich so treiben ließ.

Sie konnte es einfach nicht fassen, dass der Nachmittag so verlaufen war. Ihre Enttäuschung war groß. Gestern war die Welt noch in Ordnung - und heute? Was hatte sie sich denn erhofft, sie war niedergeschlagen und enttäuscht.

Wollte er nur ein schnelles Abenteuer und ich bin darauf hereingefallen, fragte sie sich.

Eigentlich war sie selber Schuld, doch neben der Ernüchterung hatte sie die Erkenntnis erlangt, dass ihre Träume und Sehnsüchte in all den Ehejahren doch keine Illusion waren. Sie hatte Gewissheit, dass man sich wunderbare Stunden schenken kann, wenn man sich über die Erziehung und die auferlegte Gesellschaftsordnung hinwegsetzt. Katja war dennoch etwas verwirrt, sie konnte nicht verstehen, dass er nicht willens war, diese Lust und Leidenschaft zumindest für die Zeit der Kur mit ihr zu genießen. Abends glaubte sie den Grund zu sehen, warum er keine Zeit hatte. Katja sah ihn mit einer Frau Hand in Hand aus dem Heim zu einem Auto gehen, wobei es den Eindruck machte, als würde er besonders um ihre Gunst werben.

Katja fiel die Redewendung ein - Männer können nicht treu sein, denn der Jagdtrieb ist bei ihnen viel zu ausgeprägt und wenn sich eine Gelegenheit bietet, dann ist ihnen jeder Kittel recht.

Es kann für keine Frau ein Vergnügen sein, wenn sich ein Mann nur von seinem Drang befreit. Gerhard jedoch war der Mann, der es so wollte. Diese Erfahrung hatte sie bereits mit ihm gemacht. Sie hatte nur einmal versucht ihn mit der Hand oder dem Mund zu befriedigen.

„Was soll das? Musst nicht immer glauben, was Du in deinen Büchern liest, ich will das nicht", griff ihr aber zwischen die Beine, denn auf sein Recht verzichtete er nicht. Tags darauf schenkte ihr kaum Beachtung, so sehr war er in seinem Stolz gekränkt.

Katjas Neugierde war geweckt, sie wollte wissen, ob der Ungar mit der anderen Frau in der Tenne war und ging noch am gleichen Abend hin. Beide waren nicht da. Katja gab den tanzfreudigen Männern keinen Korb. Sie freute sich über ihre Komplimente, stellte fest, dass jeder versuchte sich mit ihr zu treffen und genoss dies. Auf dem Rückweg ins Heim hatten ihre Begleiter noch immer versucht sich mit zu verabreden, denn diese hatten ebenfalls ihre Zimmer dort. Beim Heim angekommen, mussten sie den Parkplatz überqueren. Katja traute ihren Augen nicht, da stand wieder das Auto, der Geiger und die Frau waren mit innigen Umarmungen beschäftigt, was einen der Herrn dazu veranlasste, seinen Zimmerkameraden darauf aufmerksam zu machen: „Und wieder ist ihm eine auf dem Leim gegangen. Was hat der, was wir nicht haben?"

Jetzt war Katjas Ernüchterung komplett. Dennoch ertappte sie sich wieder bei dem Gedanken, dass sie sich eigentlich glücklich schätzen konnte diese Erfahrung gemacht zu haben. Sie wusste nun, dass man dieses Glücksgefühl zwischen zwei Menschen erleben kann. Traumhaft wäre, wenn sie dies auch in ihrer Ehe erfahren könnte.

Katja mied die Kurkonzerte nicht. Der Park war groß und so konnte sie sich immer einen Platz suchen, wo sie den Klängen der Musik lauschte, denn auf dieses Vergnügen wollte sie nicht verzichten.

Der Alltag danach

Die Kinder freuten sich, dass ihre Mama wieder zu Hause war und sie ihre gewohnte Umgebung hatten. Sie erzählten, dass die Väter der Familien, wo sie in der Zwischenzeit untergebracht waren, mit ihren Kindern viel Spaß hatten. „Mama, wieso können wir mit unserem Vater keinen Spaß haben? Am liebsten wäre ihm, wir würden uns, so wie er, im Zimmer einschließen und uns stumm verhalten."
„Kinder, so ist das nicht. Vater hat einen schweren Beruf, er ist müde und will nach der Arbeit seine Ruhe haben."

Gerhard war wie immer wortkarg. Er wollte auch nicht hören wie es gewesen war, sondern stellte einfach fest: „Wenn es dir wieder gut geht, dann ist ja alles in Ordnung."
„Gerhard, hast du eigentlich nie daran gedacht, dass ich den Rest meiner Tage im Rollstuhl hätte verbringen können, wenn die Operation nicht so toll verlaufen wäre?"
„Na komm! So schlimm wird es nicht gewesen sein. Schonst dich halt und erklärst den Kindern, dass sie dir mehr helfen müssen."
Katja fand, dass dies eine typische Aussage eines Mannes war. Gerhard vertrat wie viele Männer die Meinung: Was tut denn eine Frau schon. War es doch er, der für die Familie sorgte. Gerhard vergaß jedoch, dass neben dem Geld auch andere Dinge dazugehörten.
Vom Alltag einer Mutter und Ehefrau hatten diese überhaupt keine Vorstellung. Es beginnt bei der Schwangerschaft, die auch mit körperlichen Problemen einhergehen kann. Die Zeit des Stillens kostet den Körper Kraft und Zeit, die aber dann bei der Bewältigung des Haushaltes abgehen. Kinder sind etwas Wunderbares, aber sie brauchen viel Zuwendung und ebenso viel Zeit; Kindergarten, Schule und alles was dazu gehört, die Kinder zu Veranstaltungen oder zum Sport bringen, wieder holen, einkaufen, was ohne Auto sehr mühevoll sein kann; ob Frühstück, Mittag- oder Abendessen, dieses auch gelegentlich unter großem Zeitaufwand zubereiten, welches dann in kurzer Zeit in den hungrigen Bäuchen verschwindet. Was bleibt sind Berge von Geschirr, die ebenfalls auf die fleißigen Hände einer Mutter warten, solange man sich keinen Geschirrspüler leisten kann. Das Haus vom Keller bis zum Dachboden putzen, sich um die Kleidung kümmern, waschen, bügeln, Knöpfe annähen, Kleidungsstücke kürzen, verlängern, die Wäsche in den vorgesehenen Kästen verstauen. Eine Antwort auf jede Frage der Kinder wissen, ihnen Zeit, Liebe und Wärme geben. Mit all diesen Kleinigkeiten ist tagaus, tagein das Leben einer Mutter ausgefüllt, um den Bedürfnissen der Familie gerecht zu werden. Zu all diesen Pflichten kommt der Mann, der all seine Bequemlichkeit fordert oder diese als selbstverständlich ansieht.
Katja hatte den Entschluss gefasst, für ihre Kinder immer da sein und zu ihrer Familie zu stehen. Aber sie würde sich den Freuden des Lebens nicht

verschließen. Sie hatte erkannt, dass ihr Mann nicht bereit war ihre Wünsche und Sehnsüchte, die seiner Meinung nur aus diversen Hirngespinsten, selbstherrlichen Frauenbüchern stammten, zu erfüllen.

Es waren fünf Monate seit ihrer Rückkehr vergangen und Gerhard hatte in dieser Zeit dreimal die Pflichterfüllung gefordert. Seitdem sie wusste, wie es sein könnte, bereitete ihr das sowieso noch weniger Vergnügen als früher.

Katja versuchte wieder einmal mit ihm über ihre Ehe zu sprechen: „Gerhard, ich habe das Gefühl, dass du mir ausweichst. Du sprichst nicht mit mir, bist wortkarg und seitdem wir verheiratet sind, bist du nicht mehr so zärtlich wie früher.“
„Wozu, wir sind verheiratet und haben ein Bett. Du jammerst immer wie müde du bist. Du bist unzufrieden und undankbar.“
„Das ist überhaupt nicht wahr! Ich möchte doch mit dir gemeinsam und nicht jeder für sich allein leben. Gerhard du lehnst alle Arbeiten im Haus oder Garten ab, niemand hilft mir, alles muss ich allein erledigen.“
„Hättest die Kinder besser erzogen, würden sie dir helfen.“
„Gerhard, in dir haben sie das beste Vorbild. Ich weiß, du ernährst die Familie und alles andere ist meine Sache.“
Solche Debatten endeten wie viele andere in tagelangem Schweigen.

Die Zeit vergeht, die Sehnsucht bleibt

Die grauen Novembertage ließen Katja den Alltag noch trüber erscheinen. Sie war mit den üblichen Arbeiten beschäftigt, als es klopfte. Es war Eduard, der Nachbar. Dieser ersuchte sie, ihm doch mit dem Computer zu helfen.

„Ich kann das Programm nicht starten und müsste für die Schule etwas schreiben. Immer, wenn die Kinder ihn benützen, macht er Probleme."

Sie ging mit ihm, setzte sich zum Computertisch und suchte nach dem Fehler. Er stand hinter ihr und sie fühlte seine begehrenden Blicke auf ihrer Brust.

Katja dachte bei sich: „Dirndln verfehlen nie ihre Wirkung."

Das Übel war schnell gefunden, sie wollte sich erheben, aber er hinderte sie am Aufstehen und beugte sich zu ihr hinunter, wobei er rein zufällig über ihren Busen strich, als er die Hände auf die Tastatur legte.

„Ich zeige dir noch, was meinen Sohn am meisten interessiert" und er startete eine CD, die voll von Frauen in Dessous war.

Ganz spontan sagte Katja: „Das hat er von seinem Vater – oder?"

„Nun, ich bin nicht abgeneigt, und wieder streifte er ihre Brust, wobei er diesmal etwas länger auf der nackten Haut verweilte.

„Komm, das führt doch zu nichts, lass mich gehen.".

„Du weißt ganz genau, wie sehr ich dich begehre.".

Eduard war auf alle Fälle ein Mann, der eine Frau ganz schön in Fahrt bringen konnte. Im Sommer, wenn die Fenster offen waren, hörte es die ganze Nachbarschaft, wenn er sich mit seiner Frau vergnügte. Sie wurden deswegen auch geneckt, was sie aber überhaupt nicht störte. Beim ersten Mal, als man sie bei einem geselligen nachbarschaftlichen Kaffeeplausch darauf ansprach, meinte sie: „Wir planen nie, es ergibt sich eben und da habe ich weder Zeit noch Lust zu schauen, ob die Fenster geschlossen sind. Der Augenblick zählt und nicht das Ritual meiner Mutter, Samstag nach dem Bade und womöglich ohne Licht."

Für Katja war es damals amüsant, die geschockt oder verzerrt lächelnden Gesichter der Nachbarn zu beobachten. Immer wieder, bei diversen Festen mit den Nachbarn, musste sie sich gegen seine deutlichen Zudringlichkeiten wehren, so auch jetzt.

Nun stand er vor ihr und Katja wehrte ihn ab. „Lass den Quatsch, ich habe meine Tage."

„Seit wann hast du diese auf der Brust?" Blitzschnell küsste er ihren Ausschnitt, umarmte sie, und schon saß sie auf dem Computertisch und er stand zwischen ihren Beinen.

„Katja, ich träume seitdem ich dich kenne, dass ich mal mit deiner Brust spielen kann."

„Das ist kein Spielzeug. Vor allem nicht deines, spiel mit deiner Frau."

„Dafür ist ihre Brust leider zu klein."

Katjas Neugierde war geweckt. - Was wollte er? - Und sie ließ ihn gewähren.

Er war nicht untätig, denn er hatte die Brustverschnürung blitzschnell gelöst und den noch schützenden Büstenhalter nach oben geschoben. Küsse bedeckten ihre Brust und streichelnde Hände taten ihr übriges. Er leckte zwischen den Brüsten, massierte die Brustwarzen bis sie hart waren. Katja konnte ihre Erregung kaum verbergen.

"Du findest ja doch Gefallen an meinen Aktivitäten."

Er küsste und knabberte mit Leidenschaft, wobei er an sich selbst nicht untätig blieb. Schon lag sein strammer Josef zwischen ihren prallen Brüsten, die er zusammendrückte, um die Reibung zu intensivieren.

Es war ein phantastisches Gefühl, wenn er sich rhythmisch bewegte und sie bekam aus dem Nichts einen Orgasmus, genoss diesen aber still.

„Siehst du, meine Liebe, es geht auch anders. Dazu muss man eben eine so prachtvolle Brust haben wie du."

Katja schob ihn mit den Worten von sich: „Du hattest dein Vergnügen und mir hat es auch Spaß gemacht, aber bevor du dir noch weitere Frechheiten erlaubst, solltest ich jetzt besser gehen."

Katja wunderte sich, dass er ohne weitere Kommentare seinen prallen Josef mit den Worten „Sie will uns nicht" einpackte.

„Komm Nachbarin, trinken wir auf unsere eben gemachten Erfahrungen. Du musst wissen, für mich war es bis heute ein unerfüllter Traum. Katja, vielleicht darf ich doch mal zwischen deiner Brust so lange spielen, bis auch ich komme. Du kannst es ruhig leugnen, ich weiß, du hattest einen Orgasmus."

„Bilde dir nichts ein."

"Katja, wenn es ein Mann versteht, dich so richtig in Stimmung zu bringen, könntest du beim Sex ganz schön in Fahrt kommen. Ich denke schon die ganze Zeit, dass dein Mann nicht gerade der Typ ist, der all das beherrscht. Meine Frau bedauert dich und ist der gleichen Meinung."

„Das musst Du mir näher erklären."

„Sie meint, du bist eine Vollblutfrau und hast als Mann einen Missionar."

„Wenn sie das glaubt, dann lassen wir sie bei ihrer Meinung", Katja erhob sich und ging.

Das heilende Wasser

Die Tage waren ausgefüllt mit den alltäglichen Arbeiten. Bei der Gartenarbeit merkte sie die leisen Schmerzen im Rücken. Katja fasste den Entschluss, am Nachmittag ins Thermal-Bad zu fahren. Die Kur lag schon zwei Jahre zurück. Das warme heilende Wasser, die Massagen und das Schwimmen würden sicherlich Linderung verschaffen.
Zu Hause war alles erledigt. Sie hatte einen Zettel für die Kinder geschrieben, wo sie alles finden konnten und falls Vater fragen sollte, dass sie im Bad sei.
Die Massagedüsen waren angenehm doch ohne Wirkung, so entschloss sie sich die Zimmer der Masseure aufzusuchen. Im Wartezimmer waren eine Frau und ein junger Mann. Letzterer groß, schlank, braungebrannt. Er blätterte bei ihrem Eintritt in einer Zeitung, die er aber sofort weglegte, als er Katja sah. Er nickte ihr zu, was einer formlosen Begrüßung ähnlich war. Eine Türe öffnete sich und die wartende Dame verschwand mit der Masseurin. Katja spürte die ganze Zeit den Blick des Mannes und war froh, als er aufgerufen wurde.
Die Masseurin fand anschließend genau die Punkte, auf die es ankam und Katja fühlte förmlich wie der Schmerz nachließ.

Das ist kein Zufall, dachte Katja; der junge Mann hatte auf sie gewartet.
„Darf ich Sie fragen, wer Sie massiert hat?"
„Frau Maria, warum?"
„Dann muss ich mich das nächste Mal unbedingt von ihr massieren lassen. Der Masseur kann überhaupt nichts, der streichelt mehr als er massiert. Kann ich Sie zu einem Kaffeeplausch überreden?"
„Eigentlich nicht, aber Sie haben insoweit Glück, als ich auf dem Weg zum Restaurant bin."
„Fein, dann begleite ich Sie."
„So war es aber nicht gemeint. Ich finde mich schon allein zurecht."
Er folgte ihr, setzte sich an ihren Tisch, begann zu reden und ließ sich nicht unterbrechen, bis er all das angebracht hatte, was ihm ein Bedürfnis war.
„Wundern Sie sich nicht, aber Sie haben eine so faszinierende Ausstrahlung, dass ich nicht anders konnte, als auf Sie zu warten. Ich weiß, es gehört sich nicht, eine Dame einfach anzusprechen, aber ich bin machtlos gegen mein Gefühl und das sagt mir, dass wir etwas Gemeinsames haben."
„Und was soll das sein?"
„Wir haben die gleiche Wellenlänge, wenn es um die zwischenmenschlichen Gefühle geht."
„Eigentlich finde ich ihre Anmache sehr dreist und im Übrigen könnte ich bald ihre Mutter sein."
„Täuschen Sie sich nicht, ich bin schon achtunddreißig."
„Und das soll ich glauben?"

„Ja, ich kann es beweisen. Wenn wir gemeinsam das Bad verlassen, zeige ich ihnen gerne meinen Ausweis."

„Dazu wird es nicht kommen." Katja stand auf und im Gehen hörte sie noch.

„Schade, dass Sie mich nicht ernst nehmen."

Als Katja vom Friseur kam, lief sie ihm über den Weg.

„Ich habe mir so sehr gewünscht Sie wieder zu sehen, aber Sie waren wie vom Erdboden verschwunden. Ich sehe, sie waren inzwischen beim Friseur."

„Das sehen sie."

„Natürlich sieht man das, wenn man an einem Menschen Interesse hat."

„Und das haben Sie?"

„Sie wissen ganz genau, dass es so ist, aber sie glauben immer noch, dass ich erst fünfundzwanzig bin. Es ist eben mein Schicksal, so jung auszusehen."

Katja musste das erste Mal über ihn schmunzeln. „Sind sie immer so hartnäckig?"

„Nur wenn ich fühle, dass wir auf der gleichen gefühlvollen Wellenlänge schwimmen."

„Und was verstehen sie darunter?"

„Da ist der Widerspruch in unserem Aussehen."

„Bitte was?"

„Sie wirken sehr fraulich und distanziert, nur wenn man in ihre Augen sieht, dann liest man darin die ganze Sehnsucht nach Zärtlichkeit."

„So, so und wieso wirke ich distanziert?"

„Ihr Auftreten, Ihre Erscheinung, Ihr Blick, so ein wenig von oben herab, all das hält die Leute auf Distanz. Sie können mir glauben, ich habe genug Menschenkenntnis, um mir dieses Urteil zu erlauben. Sie stehen zwar mit beiden Beinen im Leben, haben sicherlich Familie für die Sie sich aufopfern, aber in der Tiefe ihrer Seele wissen sie genau, was ihnen fehlt."

„Und was wäre das ihrer Meinung?"

„Anerkennung - nicht die berufliche, die haben sie sicherlich, Erfüllung, Glücksgefühl, Zärtlichkeit, Geborgenheit, Zuhörer. Das sind so die wichtigsten Punkte, die mir einfallen."

„Das alles wollen Sie in meinen Augen sehen?" Obwohl sie ganz genau wusste wie Recht er hatte, fügte sie noch hinzu: „Auf die Masche fallen Ihnen die Frauen sicher reihenweise herein."

„Nein, wie kommen Sie darauf? Jeder Mensch ist doch anders und das ist keine Masche sondern Gefühl, Intuition. Ich gebe auch zu, dass ich mich täuschen kann, nur muss ich mich beruflich auf meinen ersten Eindruck verlassen können."

„Was sind sie denn von Beruf?"

„Mein berufliches Betätigungsfeld liegt im Bereich der Wirtschaftspolizei, wo ich mir im Laufe der Jahre viel Menschenkenntnis angeeignet habe. Man lernt so einiges über Menschen, wobei ich diesen meistens nur in Extremsituationen begegne. Dies erfordert, dass ich mir sofort ein Bild über mein Gegenüber machen muss, um von vornherein Komplikationen zu vermeiden. Es wäre nett, wenn Sie mir sagen, wie sehr ich mich in diesem Zusammenhang geirrt haben könnte."

„Sie wissen ganz genau, dass dies auf viele zutreffen kann und mit mir nichts zu tun hat." Katja fühlte sich aber ganz schön erkannt.

„Geben Sie mir die Chance sie näher kennen zu lernen, denn ich bin mir ganz sicher, dass ich Recht habe."

„Sie glauben doch nicht wirklich, dass ich mein Innerstes vor Ihnen ausbreite?"

„Aber darum geht es ja nicht. Sie sind eine Frau, die mein Herz schneller schlagen lässt, seitdem sie den Warteraum betreten haben. Ohne ihre Ehe zu gefährden, möchte ich sie wieder treffen, um Ihnen all die Zärtlichkeit, Wärme und das Glücksgefühl zu geben, welches Sie vermissen. Ich wäre glücklich Ihnen dies zu geben."

„Wissen sie was, junger Mann, warten sie bis Weihnachten, vielleicht erhört sie das Christkind. Sie scheinen ja sehr überzeugt zu sein, dass man Ihnen nicht widerstehen kann. Sind Sie eigentlich verheiratet?"

„Leider geschieden, was beruflich bedingt war, aber wir haben uns im Guten getrennt, im Übrigen verbringe ich mit meiner Tochter viel Zeit. Sie hat ihr eigenes Zimmer und sofern ich keinen Dienst habe, wohnt Sie die halbe Woche bei mir, die andere Zeit bei meiner Frau. Da die Schule, die Wohnung meiner Frau und meine eigene im Umkreis von einer Viertelstunde liegen, geht das wunderbar."

„Und wie lange funktioniert dies bereits?"

„Seit drei Jahren bestens."

„Katja blickte auf die Uhr. Noch einen schönen Abend, mir reicht es für heute, Wiedersehen." Auch er stand auf und meinte: „Wiedersehen kann man sich nur, wenn man sich verabredet."

Da sie dies aber nicht wollte, sagte sie: „Vielleicht treffen wir uns im Bad wieder."

„Nächste Woche Dienstag und Donnertag bin ab 16 Uhr hier, falls der Dienstplan hält. Würde mich freuen, wenn ich Sie wieder sehen könnte."

Katja lächelte und ging zum Ausgang.

Es gab wieder einmal Verdruss mit dem heimkommenden Vater, denn die Kinder hatten Freunde eingeladen, was Gerhard überhaupt nicht gefiel. Er befahl den Kindern, sofort ihre Freunde wegzuschicken, was sie aber nicht befolgten und darüber hinaus noch laut waren.

Die Trotzreaktion der Kinder brachte Gerhard derart in Rage, dass der Jüngste eine Tracht Prügel einstecken musste, als er ihm über den Weg lief.

Katja stellte ihren Mann sofort zur Rede. „Was hat er dir getan, dass du ihn geohrfeigt hast?" Es war wieder eine einseitige Debatte, denn seine ganze Argumentation war: „Deine Kinder können dank deiner Erziehung nicht folgen." Zu weiteren Gesprächen oder Kommentaren ließ er sich nicht bewegen und blieb stumm." Katja ging zu den Kindern und ersuchte diese, doch etwas ruhiger zu sein. „Bei dem schönen Wetter kann man

Radfahren oder in den Garten gehen, dort könnt ihr auch laut sein." Die Kinder beschwerten sich, dass sie niemanden einladen konnten und ihr Vater nur herummeckerte. Katja wollte zwar nochmals von ihrem Mann hören, was denn der Anlass zu seiner Reaktion gewesen war, aber sie bekam keine Antwort, sondern Gerhard zog sich beleidigt ins Wohnzimmer zurück und schaltete den Fernseher ein.

Katja sah in der Früh, dass Gerhards Bett unberührt war. Gerhard schlief nach Debatten immer im Wohnzimmer. Sie fragte sich natürlich, ob er sie damit strafen wollte, kam aber zu dem Schluss, dass er sich eher selber strafte, wenngleich er sich in der Rolle des Beleidigten recht wohl fühlte. Sein Schlafen vor dem Fernseher nahm derart überhand, dass Katja ihn darauf ansprach: "Gerhard, es kann doch kein Vergnügen sein im Liegesessel zu schlafen. Dieser ist nur für Notfälle und du hast ja dein Bett im Schlafzimmer."
Gerhards Antwort war wieder typisch: „Du musst ja nicht darauf liegen."

Gerhard kam in letzter Zeit noch seltener ins Schlafzimmer um seine Bedürfnisse zu stillen. Danach blieb er nicht, sondern ging wieder ins Wohnzimmer, was Katja nicht störte, denn sie konnte sich ungehindert mit ihrem Körper beschäftigen und ihre Lust ausleben. Mit der Zeit sah sie sich gezwungen eine Bettbank zu kaufen, damit er wenigstens bequem liegen konnte, wenn er es schon vorzog, das gemeinsame Schlafzimmer seit Monaten zu meiden. Seine Reaktion auf den Kauf fand sie mehr als beleidigend, er behauptete doch glatt, sie wolle ihn damit aus dem Schlafzimmer vertreiben.

Es vergingen vier Wochen bis sie wieder mal Zeit hatte ins Bad zu fahren. Auf dem Weg dort hin fiel ihr die Begegnung mit dem so jung aussehenden Mann ein. Was war heute für ein Tag – Freitag.
Aber das Schicksal wollte es anders, denn kaum war sie im Wasser des Außenbeckens und genoss mit geschlossenen Augen die wärmenden Sonnenstrahlen, drangen Worte an ihr Ohr: „Ich war mir sicher, dass ich jede freie Minute im Bad verbringen musste, um Sie wieder zu sehen. Ich freue mich. Hallo, wie geht es ihnen?"
„Ich hoffe, Sie haben wegen mir nicht Schwimmhäute zwischen den Fingern."
„Nein", er streckte seine Hände in Richtung ihres Gesichtes. „Zweimal war ich mit meiner Tochter hier, denn ich wollte sie Ihnen vorstellen."
„Wie alt ist denn Ihre Tochter?"
"Sieben."
„In welchem Monat?"
„Am fünfzehnten Mai."
„Dann ist Ihre Tochter so alt wie mein Jüngster, also auch noch ein Stier. Wenn Sie nicht schon im Teenageralter Vater wurden, dann brauche ich keinen Ausweis."

„Das finde ich aber nett, dass Sie mir etwas glauben. Darf ich Sie heute auf einen Kaffee einladen?" Katja dachte kurz nach. *Eigentlich ist er sicher über dreißig, was kümmern mich die Leute? Er sieht halt wirklich jung aus. Wenn er seine Freizeit im Bad verbracht hat um mich zu treffen, dann muss er wirklich Interesse an mir haben.* „Später, ich gehe vorher noch in die Sauna."

In der Sauna sah sie eine Frau aus der Gemeinde, die aber nicht mit ihrem Mann, sondern mit einem Unbekannten scherzend und küssend im Pool ihren Unfug trieb. Katja besuchte die Kräutersauna, ging ins Dampfbad und ärgerte sich, dass sie an den jungen Mann denken musste. Warum nicht? Er zeigte doch großes Interesse und sah blendend aus. Katja war sicher, dass ihr niemand ihren bevorstehenden Vierziger ansah. Aber neben ihm wirke ich trotzdem um einiges älter. Sie ging zurück in die Schwimmhalle, sah ihn aber weder im Wasser noch auf Liegen und ging ins Restaurant. Sie setzte sich mit ihrem Kaffee zu den Fenstertischen, wo man das Treiben im Bad beobachten konnte.

„Ich sehe schon, Sie müssen mir die Möglichkeit geben, meine Einladung zu einem späteren Zeitpunkt zu wiederholen, nachdem Sie sich schon ihren Kaffee geholt haben. Ich war noch im Solarium, denn die Bräune muss erhalten werden. Ich mache Ihnen einen Vorschlag: Kommen Sie nächsten Freitag mit Ihrem Sohn zu mir. Die Kinder könnten miteinander spielen und wir beide unter Beobachtung plaudern. Finden Sie nicht, dass dies eine ausgezeichnete Idee und mein Vorschlag höchst moralisch ist?"

Es wurde tatsächlich ein netter Nachmittag mit Franz, sodass sie ein Wiedersehen ohne Kinder vereinbarten. Katja gewann den Eindruck, dass Franz echte Zuneigung für sie empfand und sicherlich ein sehr einfühlsamer Liebhaber sein könnte. Katja gefiel seine Aussage, dass er lieber stundenlang zärtlich war als zwei Minuten etwas zu tun, was beide nicht wirklich wollten. Er sah sehr jung aus, stand aber mit beiden Beinen im Leben, war höflich, zuvorkommend und gab einem das Gefühl, das Wichtigste im Augenblick zu sein. Die Wohnung war tiptop, im Kinderzimmer stand neben dem Bett der Tochter ein Bild ihrer Mutter. Katja fand, dass die Tochter aber ganz der Papa war. Seine Ehe war nur daran gescheitert, dass seine Frau sich nicht an die überraschenden, zusätzlichen Dienste gewöhnen konnte und ein längeres Planen nicht möglich war. Sein Beruf bedeutete ihm sehr viel und er wich allen näheren Fragen in dieser Richtung geschickt aus.

Franz hatte Wort gehalten und Katja nach seinem Urlaub, den er mit der Tochter verbrachte, angerufen um sie zu sich einzuladen. Er habe viel an sie gedacht und träume von einem harmonischen Beisammensein mit ihr. Klopfenden Herzens stand sie vor seiner Tür, drückte den Klingelknopf. Franz küsste ihre Wangen, bat sie herein und ersuchte sie am gedeckten Tisch Platz zu nehmen. Katja war überrascht, einen liebevoll und gekonnt gedeckten Tisch vorzufinden, auf dem nichts fehlte, sogar an Kerzen und Blumen hatte er gedacht.

Er trug zu diesem Anlass keine Freizeitkleidung, sondern ein weißes Hemd mit offenem Kragen, eine dunkle Hose mit Gilet. Franz zündete die Kerzen an, setzte sich ihr gegenüber und reichte ihr den Aperitif. Nach dem trockenen Sherry servierte er als Vorspeise Honigmelone mit Prosciutto. Er füllte die großen Rotweingläser aus der Weinkaraffe zwei Finger hoch und hob sein Glas. „Katja, ich freue mich, dass du trotz deiner Bedenken gekommen bist. Du wirst sehen, es ist mein Bestreben, dich in jeder Hinsicht zu verwöhnen. Entschuldige mich bitte, ich komme gleich."

„Kann ich dir helfen?"

„Du bist mein Gast, lass dich verwöhnen." Nahm die leeren Teller, verschwand in der Küche, brachte sie mit saftigen Steaks auf Pfeffersauce, Kroketten mit einem Löffel Preiselbeeren und stellte sie auf den Tisch.

„Du hast dir viel Mühe gegeben, auf dich", und sie hob ihr Glas. Wenn sie sich zuprosteten, sahen sie sich tief in die Augen und nahmen einen Schluck.

Zum Nachtisch gab es Früchte in Joghurt, wobei dieses noch mit Honig gesüßt war. Zum Kaffee servierte er Zimtstangen, welche auf einer Seite mit Stanniolpapier umwickelt waren.

„Damit sollst du den Kaffee umrühren. Er nimmt den Geschmack des Zimtes an." Während des Essens wurde kaum gesprochen, nur leise Musik war zu hören. Auch ließ er sich nicht helfen, das Geschirr abzuräumen.

Franz nahm Katja bei der Hand, führte sie in sein Schlafzimmer, welches stimmungsvoll von den vielen Kerzen beleuchtet war. Er ersuchte Katja auf der Tagesdecke Platz zu nehmen. Er kniete sich zu ihren Füßen, streifte ihr die Pumps ab und begann ihre Füße von den Fesseln über die Waden bis zum Ende der Strümpfe zu streicheln, flüsterte dabei: „Lass dich fallen und genieße den Augenblick." Das vorzügliche Essen, der Aperitif und der schwere Wein taten ihre Wirkung. Ein wohliges Gefühl durchströmte ihren Körper, so dass sie sich gerne seinen gefühlvollen Händen hingab. Die aufkeimende Lust durchströmte bereits ihren Körper, sie wollte Franz zu sich hinaufziehen, doch er winkte ab und ersuchte sie, den Rock abzulegen. Nun saß sie, oben noch immer korrekt mit Bluse und Jacke bekleidet, aber unten nur in Strümpfen und Slip. Er begann die nackten Stellen zu küssen, wobei er es vermied, dem „Geheimnis" zu nahe zu kommen. War es die Wärme der Kerzen oder der Wein, ihr Körper begann bereits zu lodern. Er war noch immer nicht bereit, sich streicheln oder küssen zu lassen sondern forderte sie auf, es ihm zu überlassen sie zu verwöhnen – „Warte Katja, deine Stunde kommt noch" war alles, was er von sich gab. Er leckte, sog die Feuchtigkeit ihres Slips in sich ein und streichelte unaufhörlich ihre Beine und Fußsohlen. Die Wirkung war enorm, einerseits war sie angehalten, untätig zu sein, was ihr besonders schwer viel, anderseits stiegen das Verlangen und die Lust ins Unerträgliche. Ihr Stöhnen war nicht mehr zu überhören und für ihn Signal genug, sich um ihre Jacke und die Blusenknöpfe zu kümmern. Nun widmete er sich ihrem Busen, wobei eine Hand den Schritt liebkoste, die andere ihren Nacken streichelte. Er biss sie in die erregten Brustwarzen, schob den Slip zur Seite und drang mit den Fingern in sie ein. Ihr Aufschrei und der Orgasmus waren eins. So blitzschnell wie er aus seinen Kleidern war, hatte sie sich von Büstenhalter und Slip befreit. Endlich konnte sie von diesem Mann seine erregte, warme Haut fühlen, ihn streicheln, liebkosen, küssen. Plötzlich fühlte sie „ihn" in sich und er löste eine lustvolle Woge nach der anderen aus. Die Lippen verschmolzen zu einem langen, innigen Kuss, ihre Hände umklammerten seinen Körper als hätte sie Angst, dass er sich von ihr löste. Immer wenn er sich zurückzog, drückte sie ihm ihren Unterleib entgegen, damit er ja nicht von ihr ließ. In ihrem Wonneschauer und den nicht enden wollenden Orgasmen fühlte sie plötzlich, wie er sich in ihr ergoss. Aber er verließ sie nicht, sondern kam noch zwei oder dreimal in ihr. Katja war wie von Sinnen, es waren ungeahnte Gefühle, die ihren Körper durchströmten. Kaum war ein Höhepunkt durchlebt, wurden seine Bewegungen ganz langsam, aber wenn er merkte, dass Katjas Scheidenmuskeln zu zucken begannen und ihre Laute einem Jammern, Stammeln oder Seufzen glichen und sich ihre Nägel in seine Haut krallten, dann stieß er fest zu, löste sich, wartete einen Bruchteil einer Sekunde und steigerte seinen Rhythmus bis er fühlte, dass sich alle Schleusen öffneten. Eng umschlungen horchten sie auf ihren rasenden Herzschlag bis sie vor Erschöpfung die Augen schlossen.

Beim Abschied sagte Franz: „Katja, ich danke dir für diese wunderbaren Stunden, ich würde mich glücklich schätzen, wenn sich wieder eine Gelegenheit ergeben könnte, wo wir unsere Lust und Leidenschaft genießen können."
„Franz, du hast ja meine Telefonnummer, und wenn du das Gefühl hast, dass du mich wieder liebevoll und leidenschaftlich verwöhnen willst, werde ich mir gerne die Zeit nehmen."

Neuerlicher Berufseinstieg

Da die Kinder aus dem Gröbsten draußen waren, hatte Katja beschlossen, wieder zu arbeiten. Die Arbeitszeit war einfach toll. Dreimal die Woche halbtags, wobei die Tage wechselten. Der Chef, der sie von früher kannte, bot ihr die Stelle an. Er war viel auf Reisen und wenn er im Büro war, dann musste sie das ausarbeiten, was er in seinen Laptop in Stichworten eingegeben hatte. Da auch viele Skizzen anzufertigen waren, bot er ihr an, einen Kurs zu besuchen.

Natürlich wollte sie dies mit ihrem Mann besprechen. Gerhard aber zeigte ihr unmissverständlich seinen Unwillen. „Kümmere dich um den Haushalt, jammerst dauernd, dass dir keiner hilft, aber auf einmal hast Zeit um für andere zu arbeiten. Ich bringe doch genug Geld nach Hause?"

Sie ließ sich nicht umstimmen, hatte sie doch in der Nähe eine Arbeit mit flexiblen Arbeitszeiten gefunden. Sie begann um halb acht und war meistens um drei Uhr zu Hause und Freitag dauerte es nur bis Mittag.

Damit sie den Computer bestens nutzen konnte, besuchte sie den vom Chef bezahlten Kurs. Es standen immer zwei Computer auf einem Tisch. Katja kam neben einem Herrn zu sitzen, der sich als ein recht umgänglicher Typ entpuppte und bald der Liebling des Kurses war. Aber kaum war er mit Katja allein, machte er ihr Komplimente. Da sie mit dem Grafikprogramm etwas mehr als nur ein bisschen auf Kriegsfuß stand, bot ihr Erik an, sie könne bei ihm zu Hause auf dem Computer üben.

„Was wird Ihre Gattin sagen, wenn Sie fremde Frauen mitnehmen?"

„Die weiß es schon und sie ist ja sowieso zu Hause, wenn wir üben."

So kam es, dass Katja seine Frau Lara kennen lernte und sich mit dieser auf Anhieb verstand. Das Üben half, die Fortschritte waren unverkennbar. Katja stellte fest, dass Erik mehr von ihr wollte. Anfangs war sie aber sehr zurückhaltend bis sie, durch Gespräche sowohl mit ihm als auch mit seiner Frau feststellen konnte, hier eine sehr glückliche, aber auch tolerante Familie angetroffen zu haben. Seine Frau erwähnte in einem Gespräch, was für ein Glück sie mit diesem Mann hatte. Aber leider käme er bei ihr zu kurz, da sie mit den Kindern und der im Hause zu pflegenden Mutter oft zu müde sei. „Leider gibt es die tollen Nächte nur im Urlaub und inzwischen können wir nur davon träumen. Aber Sie wissen ja selber wie es ist, wenn alles auf einem lastet. Wir Frauen haben bei all den täglichen Pflichten kaum so oft Lust, wie die Männer. Ich frag mich sowieso wie Sie es schaffen, sich noch die Zeit für die Abendkurse zu stehlen."

„Nun, die Großen schauen schon, dass der Kleinere zur rechten Zeit schlafen geht. Mein Mann ist dabei keine Hilfe, er will beim Fernsehen seine Ruhe haben."

Wenn sie nachmittags übten, brachte Erik sie mit dem Wagen nach Hause. Katja lud ihn noch auf Kaffee und Kuchen ein. Dies waren aber jene

Augenblicke, in denen ihr Erik zu verstehen gab, welch begehrenswerte Frau sie sei.

An einem dieser Tage war Katja allein zu Hause, denn ihre Kinder waren bei den Nachbarn zum Schwimmen. Wegen der großen Hitze wechselte Katja das Kostüm gegen ein leichtes Sommerkleid. Als sie nun mit dem Tablett auf die Terrasse trat, hörte sie Erik sagen: „Welch ein wunderbarer Anblick. Ich wusste doch immer, dass sich hinter den strengen Kostümen ein ganz bezauberndes Wesen verbirgt. Katja, Ihrem Liebreiz zu widerstehen ist nicht einfach."

Als sie ihn zur Haustür begleitete, nahm er sie ohne Vorwarnung in die Arme, küsste sie so leidenschaftlich und gekonnt, dass Katja zu keiner Gegenreaktion fähig war. Im Gegenteil, es durchströmte sie das Gefühl begehrt zu werden und dementsprechend reagierte auch ihr Körper. Seine Hände suchten, fanden all die Formen, die ihn so sehr durcheinander brachten - wie er Katja schon mehrmals versichert hatte. Durch das dünne Kleid fühlte sie förmlich seine tastenden Hände und genoss den Augenblick. Mehr konnte es nicht sein und dennoch, dies war der erste Schritt.

Erik war nicht unbedingt der Mann, der die Frauenherzen höher schlagen ließ, aber er hatte etwas ganz Besonderes. Seine charmante Art, sein Einfühlungsvermögen, er drängte nie und bei seinem Kuss durchströmte sie Wärme. Ein weiteres Mal bot sich die Gelegenheit, sich so zu verabschieden und wieder hatte sie dieses Gefühl.

Es war der letzte Nachmittag, denn am Tag darauf war der Kurs zu Ende. Lara ließ es sich nicht nehmen und lud Katja zu Kaffee und Kuchen. Zu dritt verbrachten sie lachend und scherzend fast eine Stunde, wobei Katja das Gefühl nicht los ließ, dass Lara ihre Gegenwart genoss. Sie wollte auch, dass sie sich wieder sehen und küsste sie zum Abschied.

Diesmal nahm Erik nicht den kürzesten Weg, um sie nach Hause zu bringen, worauf Katja fragte: „Musst für deine Frau noch etwas besorgen?"

„Nein, du hast im Gespräch erwähnt, heute allein zu sein, da dein Mann auf einem Fortbildungslehrgang ist und die Kinder auf einer Geburtstagsfeier. Aus diesem Grund möchte ich dir ein sehr romantisches Plätzchen zeigen."

„Wartet deine Frau nicht?"

„Ich habe schon vorgebaut und ihr gesagt, dass ich mich in den Baumärkten wegen der Balkonmöbel umsehen muss. In Wirklichkeit habe ich das schon zwischendurch erledigt und heute Abend kann ich mit ihr darüber ausführlich sprechen. Man muss halt geschickt vorgehen, wenn man sich einige Augenblicke für etwas Besonderes aufheben will."

„Dann bin ich sozusagen etwas Besonderes?"

„Ja, das bist du."

Er bog von der Straße ab, sie durchfuhren ein Waldstück und plötzlich hielt er den Wagen an.

„Was ist hier Besonderes?"

„Wir steigen aus und gehen einige Schritte", sagte er, öffnete den Kofferraum, entnahm diesem eine Decke und meinte: „Die werden wir noch brauchen."

Nach zirka fünf Minuten standen sie vor einem idyllischen Waldsee. Tiefgrün zeigte sich das Wasser durch die Spiegelung der Bäume. Der kleine Waldsee hatte kaum ein Ufer, so weit reichte das Wasser an die Bäume und Sträucher. Nur dort wo sie standen war ein Stück Waldwiese, die in der Abendssonne lag. „Woher kennst Du diesen wunderschönen Platz?" Erik blieb die Antwort schuldig.

Die Luft war erfüllt von der wärmenden Sonne, die Föhren verbreiteten ihren eigenen Duft, Vögel zwitscherten und die Blätter der Weiden bewegten sich im lauen Wind.

„Ich wusste, dass es dir gefallen wird." Mit diesen Worten breitete er die Decke aus und setzte sich.

Katja nahm nun ebenfalls Platz und schon lagen sie sich in den Armen. Die Lippen verschmolzen ineinander, die Körper drängten zueinander, seine Hände streichelten ihren Nacken, den Rücken bis er die Pobacken umklammerte. Er ließ diese nicht los, sondern rollte sich unter sie und zog sie über sich.

"Katja, versuche all die Zärtlichkeiten, welche dein Körper jetzt empfängt zu genießen. Du wirst bald merken, der Genuss kann sich ins Unglaubliche steigern. Versuche das Vibrieren deiner Haut zu spüren, den Wellen der Lust zu folgen, dann wirst du einen Rausch der Sinne und der Lust erleben."

Da lag sie nun auf ihm und versuchte den leidenschaftlichen Kuss so zu genießen wie er es beschrieben hatte. Sie spürte sein Verlangen, genoss den Augenblick und ließ sich fallen.

Er hatte wirklich alle Tricks auf Lager. Er entblätterte sie in einer Weise wie sie nie ihrer Kleidung entledigt worden war. Jeder Millimeter der nackten Haut wurde besonders geküsst und gestreichelt, und er hatte Recht, wenn man sich auf die empfangenen Zärtlichkeiten konzentrierte, war es ein unbeschreibliches Gefühl diese Lust zu genießen.

Mit Büstenhalter, Höschen, Strümpfen lag sie neben ihm und musste sich eingestehen, nicht untätig gewesen zu sein, denn er hatte außer seinem Slip auch nichts mehr an und in diesem war sie mit ihrer tastenden Hand. Was sie umschlossen hielt, pochte in ihrer Hand. Dieses Gefühl war einfach traumhaft. Die Lippen waren wieder ineinander verschmolzen. Es schien, als wären seine Hände überall, um das Feuer zum Lodern zu bringen. Seine Finger kraulten in ihren Schamhaaren, was ihre Lust vermehrte, weshalb sie „ihn" noch kräftiger umschloss. Die Körper verschmolzen zu einem, ohne dass er in ihr war, wodurch sich ihr Verlangen weiter steigerte. Sie löste sich vom ihm, zog ihren Slip aus und bot ihm das Begehrte dar. Diese Einladung nahm er an, küsste, knabberte, sog und leckte bis sie wie von Sinnen Laute stammelte und seinen Kopf auf ihren lodernden Schoß drückte. Als er „ihn" in sie gleiten ließ, wölbte sich ihr Körper dem seinen entgegen und ihre Lustschreie wollten nie enden. Schweißgebadet, erschöpft, glücklich und mit dem Gefühl das Herrlichste auf dieser Erde eben erlebt zu haben, lag sie in seinen Armen. Sie fühlte jeden Nerv in ihrem Körper und konnte nicht glauben, welch Lustempfindungen dieser Mann ihr eben beschert hat.

Katja war noch allein, als sie mit dem Einkauf heimkam. Sie verstaute diesen, setzte sich auf die Terrasse und ließ ihren Blick über die Blumenpracht des Gartens schweifen. Sie freute sich über die Schmetterlinge, welche den Strauch nahe der Terrasse besuchten und ihr die Möglichkeit gaben ihrem Treiben zuzusehen. In solchen Augenblicken vergaß sie all die Mühen und Plagen, die ihr der Garten abverlangte. Es war niemand bereit ihr zu helfen und Gerhard mähte nur den Rasen, hatte er sich doch einen tollen Rasenmäher gekauft. Dieser war höhenverstellbar, hatte einen Korb, der das gemähte Gras aufnahm und wenn man einen Hebel umlegte, fuhr er allein. Genau das Richtige für Gerhard, denn plagen wie früher wollte er sich nicht.
Niemand störte sie. Wenn sie die Augen schloss, zogen die Bilder des Erlebten an ihr vorbei. Katja wunderte sich, weder ein schlechtes Gewissen zu haben noch zu denken, etwas getan zu haben, das man verurteilen müsste. Sie fühlte sich nach diesen amourösen Abenteuern wochenlang in einem seelischen Hoch, das sie nicht missen wollte. In ihrer Ehe vermisste sie schon lange das Gefühl begehrt zu werden, sowie die ersehnten Zärtlichkeiten, wenn ihr Mann sie gelegentlich im Bett besuchte und nur an sich dachte.

Katja beschloss, falls sich Gelegenheit bot, jene seltenen Stunden der erfüllten Zweisamkeit dort zu genießen wo man ihre Bedürfnisse mit Freuden erfüllte. Die Möglichkeiten waren nicht so groß, es kamen nur Männer in Frage, die das nötige Einfühlungsvermögen besaßen, die einem das Gefühl vermitteln konnten, als Frau behandelt zu werden und nicht nur als Lustobjekt. Männer mit denen man auch über Gott und die Welt plaudern konnte, die Sympathie ausstrahlten, die man auch riechen konnte, die wussten wie man einer Frau die Lust näher bringt und deren Bereitschaft mit einfließen ließen.
Erik hatte Recht, sich absolut fallen zu lassen, steigerte den Genuss, man fühlte alles viel intensiver. Eriks Einstellung, dass man dies ohne schlechtes Gewissen tun könne, bestätigte ihre Sichtweise. Er vertrat die Ansicht, man könne sich für vieles die Zeit nehmen, wenn man es nur wirklich wollte. Vielleicht lebte er wirklich nach dem Motto: „Lieben tu ich meine Frau und die Kinder. Es gibt leider in unserer Ehe nur selten den Sex, der uns beide erfüllt. Ich bin nicht der Mann, der seine Frau nur benützen will, wenn sie nicht absolut Sehnsucht nach mir hat. Dennoch möchte ich Sex mit jenen Frauen haben, die dies ohne Schuldgefühle

genießen können, und sich an der Lust und Sinnlichkeit erfreuen. Nur so können beide den Ausflug in die Wonnen der Lust genießen."

Katja beschloss, ihm keinerlei Schwierigkeiten zu machen oder ihn zu drängen, auch wenn er noch so ein toller Liebhaber war.

Die Kinder trafen ein und die täglichen Pflichten waren zu erfüllen.

Es vergingen fast drei Wochen bis Erik anrief und fragte, ob sie am Donnerstag Nachmittag Zeit hätte, denn er komme von einer Dienstreise und würde sich gerne mit ihr treffen.

„Wenn du schon weg warst, warum fährst dann nicht gleich zu deiner Frau?"

„Katja, die hat volles Haus und ist froh, wenn ich erst am Abend erscheine. So hätte jeder von uns das, was er sich wünscht. Willst Du mich denn nicht sehen?"

„Was für eine Frage, glaubst Du nicht, dass ich hin und wieder an den Nachmittag denke?"

„Gut, dann treffen wir uns im Einkaufszentrum, da fällt es nicht auf, wenn man sich zufällig begegnet."

Sie sah förmlich wie er schmunzeln musste, bei dem „zufällig".

„Ja, ich kann es einrichten, also um drei." Sie kaufte alles ein, was für den Haushalt gebraucht wurde, nahm für die Kinder Jeans mit, die gerade im Angebot waren und ging zum vereinbarten Platz. Er ließ nicht lange auf sich warten. Als er sie sah, trat er lächelnd auf sie zu. Die Begrüßung war förmlich, obwohl sich beide liebend gerne umarmt hätten.

"Ich komme gleich, ich hole mir auch was", und weg war er.

Er kam mit einer Einkaufstüte zurück, öffnete ihr die Wagentür und fuhr los.

Eriks erste Worte waren Balsam für Katja. „Du bist mir nicht mehr aus dem Kopf gegangen, deine Reaktionen waren einfach umwerfend, meine Frau ist auch sehr leidenschaftlich, aber du bist der reinste Vulkan." Erik lenkte den Wagen zur Auffahrt eines Reihenhauses, öffnete das Garagentor, fuhr hinein und forderte Katja zum Aussteigen auf.

„Was machen wir hier?"

„Da wohnt Gabriel, ein guter Freund von mir. Wenn er weg ist, dann kümmere ich mich um seine Wohnung."

Sie staunte nicht schlecht als sie das Haus betraten; alte Möbel, Bilder an den Wänden, Teppiche auf den Böden.

„Kennt deine Frau dieses Haus?"

„Ja sicherlich, wir sind oft hier, wenn es Partys gibt."

„Weiß sie, dass Du den Schlüssel hast?"

„Nein – das ist eine private Sache zwischen uns Freunden."

„Was ist dein Freund vom Beruf?"

„Reicher Erbe."

„Was, reicher Erbe?"

„Er ist auch ein angesehener Frauenarzt und lebt recht gut von seiner privaten Klientel."

Erik garnierte in der Küche den mitgebrachten Rohschinken, Käse, Nüsse, die Weintrauben auf einem Teller, entnahm dem Eisschrank eine Flasche Sekt und ergänzte durch die mitgebrachte den Bestand. „Das ist ein ungeschriebenes Gesetz seit unserer Studentenzeit. Bevor ich verheiratet war, benützte er auch meine Bude für seine erotischen Abenteuer. Und wie du siehst, sind wir trotz seiner Erbschaft Freunde geblieben. Wie gefällt dir unsere Idee?"

Erik ersuchte Katja den Teller und das Gebäck mitzunehmen, er nahm den Sekt, die Gläser und ging mit Katja in eine sehr geräumige Halle mit mehreren Türen. Aus der Mitte des Raumes führte eine geschwungene, offene Glastreppe, die den Blick nach allen Seiten sowie nach oben freigab. Dadurch wirkte der Raum sehr wohnlich und hell. „Wenn du genau zwischen den Teppichen hinschaust, dann siehst du, dass rund um den Treppenaufgang der Fußboden ebenfalls aus Glas ist. Früher war die Halle durch das Licht von oben wesentlich heller, aber da er keinen freien Platz für seine Teppiche hat, legt er diese leider auch dort hin."

Erik ging nun auf eine der vielen Türen zu, öffnete sie mit den Worten: „Das ist die sturmfreie Bude in diesem Haus."

Es war ein sehr geräumiges Zimmer mit einer Sitzecke aus Leder, einer Terrassentür, welche die Breite des Zimmers einnahm, und einem großen Lederbett. Sie nahmen auf der Garnitur Platz, der Korken knallte, Gläser klirrten.

„Auf uns!"

„Auf uns – was hast du kleiner Teufel denn vor? Willst du mich beschwipst machen?"

„Warum nicht? Vielleicht kommen dann noch ganz andere Untugenden zum Vorschein", wobei er sein gewinnendes Lächeln nicht vergaß.

„Ich kann mich nicht erinnern, dass dich meine Untugenden – wie du sie nennst - gestört hätten."

Erik küsste Katja und bot ihr an: „Wenn du willst, dort ist das Badezimmer, du findest alles was du brauchst."

„Nein, vielleicht später, ich hatte ja genügend Zeit."

„Dann entschuldige mich, ich gehe mich schnell duschen."

Sie ging zur Terrassentüre und blickte in einen sehr gepflegten Garten. Katja entledigte sich ihres Kostüms, um ihn mit ihrem Spitzenbody und den halterlosen Strümpfen zu empfangen, setzte sich auf das Bett und war mit ihren Gedanken wieder auf der Lichtung. Sie war aufgewühlt, voll Hoffnung und ihr Körper bereitete sich auf das Kommende vor.

Er kam mit einem schwarzen seidenen Morgenmantel ins Zimmer. Stumm blickte er sie an, seine Augen verschlangen förmlich ihren Körper. „Was bist du für eine erotische Frau."

„Na, was soll das, deine Frau ist wesentlich schlanker und hübscher als ich!"

"Ja, das will ich nicht bestreiten, aber gerade das Mehr an dir macht dich so erotisch und man sieht dir förmlich die Lust an – etwas, das man selten bei Frauen sieht."

„Das höre ich heute zum ersten Mal, dass man mir meine Wünsche und Gedanken ansieht." Dabei fiel Katja ein, diese Worte erst kürzlich gehört zu haben.

Er ging zum Tisch, füllte die Gläser und kam auf sie zu. Es war ein köstliches Bild, denn er hatte beide Gläser in der Hand, der Morgenmantel hatte sich beim Gehen geöffnet und es lugte seine prächtige Männlichkeit bei jedem Schritt hervor. Sie blickten sich tief in die Augen und leerten die Gläser, welche er sofort in Sicherheit brachte.

Sie fühlte seine Hände in ihrem Nacken, seine Küsse auf den Augenbrauen, den Wangen. Er zog mit seiner Zungenspitze die Konturen ihrer Lippen nach. Sie fühlte wie er seine Fingerspitzen in der Mitte des Rückens bis zu den Lenden hinab gleiten ließ und damit einen Wonneschauer auslöste. Er begann wieder mit der Wanderung seiner Hände und Lippen. Sie genoss die Zärtlichkeiten und ihre Erregung steigerte sich immer mehr, denn sie konnte sehen wie das Blut in seinem Speer pochte. Gefühlvoll legte er sie nieder, wobei er darauf bedacht war, dass sie ihm ihren Rücken und den Po darbot.

Dieser kam durch den hoch geschnittenen Body so richtig zur Geltung. Er legte sich auf sie und seinen Penis zwischen die wohlgeformten Popobacken. Mit den Fingern streichelte er ihre Lenden und die Lippen küssten ihren Nacken. Sie wurde zusehends unruhiger und begann, ihm ihren Po entgegen zu strecken, und versuchte mit kreisenden Bewegungen seine und ihre Lust zu steigern. Er glitt immer tiefer bis er mit seinen Lippen die Umrisse ihrer Popobacken nachzog. Sie war zwischen den Beinen klitschnass, denn sie konnte ihre Erregung nicht mehr zurückhalten und ihr Gurren und Stöhnen wurde immer intensiver. Aber Erik genoss förmlich ihre Luststeigerung, er wusste ganz genau wie man eine Frau aus ihrer Reserve lockte und wann sie bereit war, nur noch zu genießen. Der störende Stoff wurde beiseite geschoben, seine Zunge umkreiste das Rosettchen. Sie wölbte sich dem Genuss entgegen und fühlte seine Finger, wie er die Haken des Bodys löste, was sie dazu bewog die Knie anzuziehen, um ihm mehr Freiheit zu geben. Eigentlich hoffte sie, mit dieser Bewegung endlich seine Zunge auf ihrer Spalte zu fühlen. Die erste Berührung ließ sie erschauern. Eriks Zunge war einmal tief zwischen den feuchten Schamlippen, das andere Mal nur darüber streichelnd, was ihre Lust steigerte und der Orgasmus kam in Wellen. Ein unbeschreibliches Gefühl durchströmte sie und in diesem Augenblick glitt er tief in ihr Inneres und legte sich mit dem ganzen Gewicht auf sie als wolle er sie aufspießen. Sie schrie, jammerte, stöhnte und zitterte am ganzen Körper. Er bewegte sich nun rhythmisch, wobei er versuchte, alle Untiefen und Höhlen zu erforschen. Sie fühlte, dass sich wieder ein Höhepunkt ankündigte. „Nein, nein nicht schon wieder, ich kann nicht mehr ...." Schweißgebadet lag sie in seinen Armen. „Katja, Liebes, du hast gerade den „kleinen Tod" erlebt – du warst für einen Augenblick richtig weg."

„Ach Erik, wer hat mir denn eben all meine Sinne geraubt?"

Unerschütterlich stand sein lodernder Speer und er kam noch zweimal in ihr, wobei er sie nie verließ, auch wenn er noch so oft die Stellungen wechselte. „Aus, aus … bitte - hör jetzt auf, wie soll ich mich mit diesem Hochgefühl zu Hause verhalten?"

„Ganz einfach ist es nicht, aber denke daran, was dich in deiner Ehe so sehr stört."

„Du bist verrückt."

„Nein, ich mein es genauso."

„Wie soll ich an was anderes denken als an diesen wundervollen Nachmittag?"

"Wenn du allein bist, denk daran, aber nicht in Gegenwart deiner Familie."
Beim Abschied fragte er noch, ob er sich wieder mal melden könne, wenn es seine Termine erlaubten.

„Du bist mir einer, zeigst mir, was es alles an Leidenschaft und Sinnlichkeit gibt und dann fragst du mich das wirklich ernsthaft. Sicherlich sehne ich mich nach solchen Augenblicken."

„Die Realität und der Alltag sind für uns beide bindend. Ich habe dir schon einmal gesagt, keine gegenseitigen Verpflichtungen, es zählt nur der Augenblick." Er brachte sie zu ihrem Wagen, winkte und weg war er. Der Himmel glühte im Abendrot, Wärme durchströmte ihren Körper, ihre Gedanken konnten sich von dem Erlebten nicht trennen. Diese Zärtlichkeit, diese Leidenschaft, dauernd war er in Bewegung, immer aufs Neue entdeckte er Körperstellen, die sie in dieses Lustgefühl versetzten.

Beim Einbiegen in die Auffahrt sah sie, dass alle schon zu Hause waren, sie nahm aus dem Wagen den Einkauf und ging ins Haus. Seitdem sie sich den übertragenen Wagen gekauft hatte, war sie mobiler und das Einkaufen auch nicht mehr so anstrengend. Keiner war zu sehen, nur der Fernseher war zu hören. Sie schaute ins Wohnzimmer. Da lagen alle herum und das einzige was sie hörte war: „Wann gibt's was zu essen?" Gerhard würdigte sie keines Blickes, aber das war sie schon gewohnt. Katja ersuchte die Kinder, die Getränkekisten aus dem Auto zu holen.

Das Essen war schnell fertig gekocht, Katja hatte schon einiges vorbereitet. Zwischendurch wurde noch eine Waschmaschine gefüllt, und eingeschaltet, damit sie später die Wäsche aufhängen konnte.

Beim Essen fragte Gerhard: „Hast du auch Bier eingekauft?" „Ja – ich habe die Kinder ersucht die Kisten ins Haus zu tragen. Wo habt ihr sie hingestellt?" Alle sahen sich an, aber keiner rührte sich.

„Da siehst du, was deine Erziehung wert ist", war sein ganzer Kommentar, auch er blieb sitzen.

Katja war verärgert, zuerst musste sie dreimal zum Essen mahnen, da das Fernsehen wichtiger war. Die Kisten hatte auch niemand aus dem Auto geholt, und Gerhard hatte sie wieder einmal vor den Kindern gerügt.

Nachdem sie die Wäsche auf die Spinne gehängt hatte, ging sie zum Wagen, um die gekauften Jeans zu holen. Die Getränkekisten standen noch immer im Kofferraum. *Sie trinken lieber nichts als dass einer sich rührt,* dachte sie noch bei sich, ließ diese aber im Kofferraum. Später hörte sie die Kinder noch im Garten und rief ihnen zu: "Vergesst die Kisten nicht."

Als sie sich anschickte im Wohnzimmer neben dem Fernsehen zu bügeln, gab es vom Hausherrn nur einen einzigen Kommentar. „Muss das jetzt sein, hast den ganzen Tag Zeit."

„Gerhard, du weißt ganz genau, dass ich keine Zeit habe, denn alles muss ich bewältigen, nicht einmal im Garten hilfst du mir. Außerdem habe ich heute viel Zeit damit vertan, deine von dir übernommenen Verpflichtungen in der Gemeinde und Pfarre zu erledigen. Möchte einmal erleben, dass du solche Wege für mich erledigst."

„Ich bin ja nicht wie du zu Hause, ich hätte dann sicherlich für diese Gefälligkeit Zeit."

Sie ging mit ihrem Bügelbrett ins Kinderzimmer, legte eine CD mit Opernarien auf und machte sich über den Wäscheberg her. Ihre Gedanken waren weit fort. Katja war in ihrer anderen Welt.

Es war der Jüngste, der sie bei ihren Träumen störte. „Mama, Mama, bei der Musik kann ich nicht schlafen und es ist schon spät". „Ach, mein Schatz ich war in Gedanken, bin gleich weg."

*

Lara rief gelegentlich an, um sich nach ihrem Befinden zu erkundigen. Die Gespräche waren aber anderer Natur, denn Lara wollte sich schon oft mit Katja treffen, was aber am Zeitmangel scheiterte. Lara war der Typ Frau, die es jedem Recht machen will. Eriks Mutter wohnte bei ihnen im Haus und außerdem musste sich Lara auch um ihre Großmutter kümmern.

In der Früh hatte Erik angerufen. Er stellte ihr in Aussicht, dass es bald ein Wiedersehen geben könnte. Jedoch vergingen zwei Wochen, bis es eines Tages endlich so weit war, dass sie einander trafen. Sie freute sich, fieberte dem Kommenden entgegen. Erik eröffnete ihr aber gleich zu Beginn, dass sie heute nicht länger als maximal drei Stunden für einander Zeit hätten. „Gabriel bekommt heute selbst Besuch und da ist es doch selbstverständlich, dass wir dann nicht mehr hier sein können."

Obwohl Katja traurig war, denn die Zeit mit Erik verflog sowieso immer wie im Fluge, lernte sie heute einen anderen Erik kennen, und ihre Traurigkeit dauerte nicht lange. Erik war von einer stürmischen Leidenschaft und verschaffte Katja in dieser kurzen Zeit all die Höhenflüge, die sie sonst in langen Stunden genossen.

Beim Abschied bemerkte Katja noch: „Hoffentlich will deine liebe Frau heute nicht auch noch die Liebe ihres Mannes, denn so wie du dich verausgabt hast, könnte ich Schuld sein, wenn deine Frau zu kurz kommt." „Mach Dir keine Sorgen, sie ist auf einer Schmuckparty und aus Erfahrung weiß ich, dass diese immer lange dauern und bis dahin bin ich wieder fit. Du kennst mich ja."

Laras Einladung

Katja ging zum Telefon um abzuheben. Es war Lara, Eriks Frau. „Hallo, wie geht es dir? Willst du am Nachmittag nicht zu mir kommen, wir haben uns schon so lange nicht gesehen und ich bin allein." Katja wusste, dass Erik auf Geschäftsreise war, denn sie hatten in der Früh ihren Telefonsex. Katja fand dies immer sehr anregend, wie er sich hineinsteigerte, bis es so weit war, auch Katja hatte ihren Spaß daran. „Ich komme gerne, ist es dir so gegen drei recht?

„Ich freue mich, dass es endlich soweit ist."

Sie saßen im Wohnzimmer und Lara sah heute anderes aus als an den Tagen, an denen Katja den Nachmittag mit ihrem Mann lernend beim Computer gesessen hatte oder sie sich gelegentlich im Einkaufszentrum begegneten. Die Bluse ließ einen Blick auf ihren wohlgeformten kleinen Busen zu, der Katja daran erinnerte, dass sie auch gerne einen solchen hätte. Sofort verwarf sie diesen Gedanken, wusste sie doch, wozu Männer imstande waren, wenn sie diese an ihre Brüste ließ. Laras Rock war kurz, sodass man die mit Spitzen besetzten Enden der Strümpfe sehen konnte.

„Lara, ich muss dir ein Kompliment machen, du siehst hinreißend aus. Jetzt weiß ich auch, wieso dein Mann so von dir schwärmt."

„Tut er das?"

„Ja! Wobei er immer leuchtende Augen hat."

„Wir verstehen uns gut, wenn er mich jetzt so sehen würde, ginge er mir sicherlich an die Wäsche. Für dich, Katja, hab ich mich schön gemacht."

„Für mich? Das finde ich aber nett, du weißt aber schon wie verführerisch du aussiehst."

„Na komm – hilf mir lieber beim Hereintragen der Jause."

Sie gingen in die Küche. Lara schwang ziemlich aufreizend ihre Hüften, bückte sich ohne dabei die Knie zu beugen nach der hinunter gefallenen Serviette. Der Anblick war berauschend, denn ihre Popacken blitzten dabei hervor.

Die hat ja gar keinen Slip an, oder doch einen String? Noch in Gedanken hörte sie Lara: „Ich hoffe, du bist nicht überrascht. Zu Hause trage ich selten einen Slip, er liebt es."

Sie saßen sich wieder gegenüber, wobei Lara sich so hinsetzte, dass man das Dunkle des Schrittes erahnen konnte. In der Küche hatte sie keine Gelegenheit ausgelassen, um mit Katja auf Tuchfühlung zu gehen.

"Katja, mach es dir bequem, zieh doch deine Jacke aus."

Das Gesprächsthema war eher belanglos als intim und trotzdem war die Luft erfüllt von knisternder Spannung. Lara stand auf, um Bilder zu holen, setzte sich neben Katja auf die Stuhllehne und zeigte ihr drei Bilder von den Kindern, die aber nur ein Vorwand waren. Dabei kam Lara ihr sehr nahe und verströmte ihr betörendes Parfüm.

„Ich habe zwar keine Erfahrung Lara, aber ich glaube du willst mich verführen."

„Und wenn es so wäre?"

Sie sahen sich in die Augen und schon war das Gesicht von Lara dem ihren so nahe, dass sie ihren Atem spürte. Zärtliche Lippen erkundeten Katjas Gesicht, bis sich die Lippen zu einem zarten, gefühlvollem Kuss vereinten.

Lara wählte die folgenden Schritte mit einem Gefühl für den Augenblick und es gab kein Drängen, sondern zärtliches sich herantasten. Die Kleider lagen verstreut am Boden. Laras Körper war einfach himmlisch, schlank, schön geformte Beine, ein süßer kleiner Bauch und dies trotz der Kinder. Der Busen war wohlgeformt mit nicht zu großen Brustwarzen, dafür umgab diese ein größerer Hof. Die Haare waren offen und ruhten auf den Schultern. Lara verstand es, mit ihren Haaren Katjas Haut zu streicheln, was ein unbeschreibliches Lustgefühl hervorrief. Lara legte großen Wert darauf, dass der Hautkontakt zwischen ihnen nie verloren ging, was für Katja neu war, denn Männer tun dies selten oder nur, um einem ihr Prachtstück spüren zu lassen und dies meistens am Busen oder Po. Laras Schoß war von Locken umgeben, wobei sie das Geheimnis nur umschlossen, was die Bereitschaft und Aufgewühltheit umso deutlicher zeigte. War es ganz einfach Katjas Erregung oder das Unbekannte? Katja tauchte das erste Mal in ihrem Leben in den Schoß einer Frau, sog den Duft, fühlte die Wärme, die Feuchtigkeit und begann mit ihren Lippen alles zu erforschen.

Lara sagte nachher zu ihr: „Ich ließ dich gewähren, denn ich wollte wissen, ob du mir nur einen Gefallen tun wolltest oder ob dich Lust und Verlangen dazu trieben."

An diesem Nachmittag stellte Katja fest, dass sie die Gefühle, die sich zwei Frauen geben können, auch später nicht missen wollte. Katja war doch überrascht als Lara sagte: „Und jetzt fehlt mir mein Mann." Überrascht deswegen, weil sie überzeugt war, dass sie sich alles gegeben hatten, was es an Zärtlichkeiten gibt und dieses in einem für sie nie gekannten Maße genossen hatten.

Auf dem Heimweg fragte sie sich, ob sie Erik von dem Nachmittag etwas erzählen sollte. Sie verwarf aber den Gedanken, Lara hatte ihr keinerlei Direktiven mitgegeben, sondern nur gemeint: „Schön, in dir eine Spielgefährtin gefunden zu haben, die solche Augenblicke genießen kann. Jetzt weißt du über meine geheimen Wünsche Bescheid", und sie küsste Katja innig.

Aber es kam alles ganz anderes. Sie lag noch im Bett als Erik aus Istanbul anrief. Nachdem er sich vergewissert hatte, dass Katja schon allein war, begannen sie mit dem Telefonsex. „Sag Liebes, was würdest du jetzt machen, wenn ich bei dir wäre und du könntest sehen, wie sehr er sich nach dir sehnt."

„Nun, ich würde ihn in meine Hand nehmen und ganz fest drücken. Vielleicht bekäme er auch ein Küsschen aber sonst gibt's nichts, denn ich schlafe noch."

„Das glaub ich nicht, aber du könntest mir sagen wie sich deine Muschi fühlen würde, wenn sie ihn so stramm sehen würde? Meine Liebe ich bin sicher sie wäre feucht und sie hätte nichts dagegen, wenn ich in dich eindringen würde. Sag mir, ob sie sich freuen würde, wenn ich in dir sein könnte."

„Meine Finger fühlen ihre Wärme und sie ist feucht genug und ich glaube du hättest deine Freude, wenn du sanft in sie gleiten würdest. Ich fühle dich förmlich, wenn ich nur daran denke. Aber bleib ganz ruhig auf mir liegen denn ich bin noch schlaftrunken."

„Meine Liebe, es dauert sicherlich nicht mehr lange, bis ich so weit bin, er ist so hart. Ich denke wie es sich anfühlt, wenn ich in dich gleite, oh ein herrliches Gefühl."

Da beide sich selbst befriedigten und durch ihr Seufzen und Stöhnen der andere dies mit anhörte, wie jeder dem Höhepunkt zustrebte, kamen beide zum erlösenden Genuss - dies funktionierte zwischenzeitlich ausgezeichnet.

In diesem gemeinsamen Augenblick sagte Erik: „Meine Frau ist begeistert von dir und wenn ich wieder zu Hause bin, werden wir drei uns einen schönen Abend machen."

Katja war perplex und brauchte einige Augenblicke um zu verstehen, was sie gehört hatte.

„Bist du noch da, wieso bist du so schweigsam, es tut mir Leid, wenn ich es dir zu früh gesagt habe und du nicht zu deinem Vergnügen gekommen bist. Ich habe mir gerade ausgemalt, wie es sein wird mit uns dreien."

„Sag, weiß deine Frau von uns?"

„Nein, warum?"

„Wieso macht sie dir dann diesen Vorschlag?"

„Schau, es ist nicht das erste Mal, dass sie mir eine Freude macht und mich an ihren erotischen Träumen teilhaben lässt. Es war immer so und es wird immer so sein - denke ich."

„Du hast dies aber nie erwähnt." „Natürlich nicht, denn wenn meine Frau es will, wird es sein und du hättest dich vielleicht nicht so gehen lassen, wenn ich dir von den sexuellen Wünsche meiner Frau erzählt hätte."

„Hast Du deswegen Freundinnen – oder ist dies eine Art Rache."

„Sei nicht komisch. Sie lädt mich ja auch nicht immer ein und sie hat sicherlich ihre Abenteuer. Bei dir, liebe Katja, will sie halt auch mich dabei haben. Lara hat festgestellt was für eine leidenschaftliche Frau du bist und sie glaubt, dass es für uns ein unvergesslicher Abend werden könnte."

„Hat sie das gesagt?"

„Nein, sie meinte nur, du bist ausgehungert und so voll Lust und Leidenschaft, dass man dagegen etwas tun sollte, denn du explodierst förmlich."

„Du bist ein schrecklicher Affe, du verschaukelst mich ja nur."

„Ich freue mich schon auf unseren Abend zu dritt – Bussi auch von ihm."

Die Leitung war stumm und ihre Gedanken kreisten. Wie sollte sie sich verhalten, wo sie doch seine Gewohnheiten und Vorlieben kannte.

„Mama, wie lange soll ich noch warten bis du mich in die Schule führst?" Sie sprang, nackt wie sie war, aus dem Bett. „Ich bin gleich fertig, hab den Wecker zwar abgestellt, bin aber wieder eingeschlafen."

Gartenparty zum Vierziger

Mit Beginn der großen Ferien lud Katja zur Gartenparty ein, um mit Freunden ihren Vierziger zu feiern. Gerhard war von dieser Idee überhaupt nicht begeistert und drohte damit, dass er keine Zeit hätte und wollte auch nicht daran teilnehmen. Katja wusste, dass Gerhard sich eine Videokamera wünschte, um die Aktivitäten auf den Lagern filmen zu können. Diese kaufte sie ihm und ersuchte ihn die Gartenparty gleich als Anlass zu nehmen, um mit dieser später bereits vertraut zu sein.

Außer den Familienangehörigen waren Ehepaare aus dem Pfarrkreis, mit denen sie Freundschaft verband, die angrenzenden Nachbarn und natürlich Lara und Erik unter den Gästen. Sie hatte Gerhard von der Familie erzählt, wo sie während des Kurses auf deren PC hatte üben können und dass sie die Einladung als ein Dankeschön ansah.

Das Wetter konnte nicht besser sein, der Abend war mild, so dass man bis Mitternacht im Garten saß. Es war ein gelungenes Fest und Gerhard war mit seiner Videokamera selig und beschäftigt.
Lara umarmte Katja zum Abschied, wobei sie ihr ins Ohr flüsterte: „Katja, du hast heute einen solchen Liebreiz verströmt, dass ich mich beherrschen musste, um nicht mit dir zu verschwinden."
Sie freute sich über diese Worte, dachte aber darüber nicht weiter nach, denn es war allgemeine Aufbruchstimmung.

*

Nach dem Gartenfest war für die bevorstehenden Sommerlager einiges vorzubereiten. Katja blieb keine Zeit, um sich mit Erik zu treffen, der sie tags darauf unbedingt, und vor allem vor dem Urlaub, sehen wollte. Auch er fand, dass sie auf der Party sehr verführerisch ausgesehen hatte und Lara sich auf den Abend zu dritt freue. Katja verstand die Aufregung nicht. Sie hatte ja nur ein Sommerdirndl angehabt, in dem zwar ihre weiblichen Reize besonders zur Geltung kamen, Katja wollte ja auch beweisen wie schön man mit vierzig sein kann.

Gerhard fuhr mit der Jugend an den Mattsee, die Frauenbewegung hatte sich in Mönichkirchen einquartiert. Dort konnte man nach Herzenslust mit den Kindern über Wiesen, Felder und durch die Wälder spazieren.

Kaum waren alle vom Sommerlager zu Hause und die riesigen Berge Wäsche gewaschen und gebügelt, ging es ab in den gemeinsamen Sommerurlaub. Diesmal hatten sich die Kinder den Neusiedlersee gewünscht. Das Abenteuer, segeln zu lernen, war ausschlaggebend für ihren Wunsch. Doch der wirkliche Grund lag auch darin, dass zur selben Zeit Nachbarn mit ihren Kindern dort Urlaub machten und deren Vater angeboten hatte, sie auf seinem Segler üben zu lassen. Katja beschlich auch das ungute Gefühl, dass der Nachbar eigentlich hoffte, dass Katja dadurch auch mehr mit ihnen zusammen sein könnte. Die Familie wollte schon lange eine engere Freundschaft, aber Katjas Begeisterung hielt sich in Grenzen. Der Umstand allein, dass die Kinder sich seit dem Kindergarten kannten und befreundet waren, war für Katja kein Grund für engeren Kontakt. Die Nachbarn besaßen ein großes Segelboot, und sie verbrachten fast die ganzen Ferien auf ihrem Boot. Auch Gerhard war oft mit von der Partie, aber Katja konnte dem nichts abgewinnen. Ihr wurde bei den kleinsten Wellen schlecht. Bei Flaute war die Hitze unerträglich. Aber die Familie gehörte zu den echten Seebären. Außerdem störte es Katja, dass die Eheleute ihren geliebten Sommerspritzer reichlich zu sich nahmen, was im Laufe des Tages den Alkoholspiegel beträchtlich ansteigen ließ. Gerhard schien dies nichts auszumachen, aber Katja, die nur Mineralwasser trank, konnte die Veränderungen feststellen. Außerdem waren beide starke Raucher, er Pfeife, sie Zigarillos.

Wenn Gerhard nicht auf dem Segelboot war, dann lag er den ganzen Tag auf seinem Bett unter einer Trauerweide und war zu nichts zu bewegen. Katja zog es vor, sich ein Rad auszuborgen und erkundete die Gegend.

Es gab auch einige gemeinsame Ausflüge in die nähere Umgebung. Das Vogelparadies zur „Langen Lacke", eine Ausstellung auf Schloss Halbturn und Einkäufe in Ungarn. Diese Tage nützte man auch für den preisgünstigen Friseur, die Fußpflege, das Tanken sowie um zu essen.

Ein faszinierendes Schauspiel war der Augenblick, in dem die rot glühende Sonne die Oberfläche des Sees in ein Flammenmeer verwandelte bis sie in diesem versank.

Katja versuchte wieder einmal näher an Gerhard heranzukommen, was ihr aber nicht gelang. „Es ist doch Urlaub, lass mich in Ruhe. Ich bin sehr zufrieden, wenn ich hier liege. Ich schau dem Treiben zu und außerdem, was soll das Getue, bist ja sowieso nie da."

„Ich habe dir angeboten mit mir die Radtouren zu unternehmen, aber du wolltest ja nicht. Im Hotel stehen genug Räder, brauchst dir ja nur eines zu borgen. Außerdem bist du die meiste Zeit am Boot oder du schläfst. In Wirklichkeit, dachte Katja bei sich, *er pflegt seinen schweren Kopf von den vielen Spritzern.*

Gerhard war am Boot gerne gesehen und nicht so zickig wie seine Frau, die gegenüber dem Schaukeln und dem Alkohol Abneigung zeigte.

In den letzten Tagen des Urlaubs verlor sich auch das wenig Gemeinsame zwischen ihr und Gerhard. Natürlich war sie wie immer Schuld an dem Zerwürfnis.

Beim Abendessen hatten sie mit den Kindern die bestandene Segelprüfung gefeiert. Diese fragten, ob Vater schon vom Segelausflug zurück sei.

„Nein, es wird sicherlich später werden, geht nach dem Essen auf euer Zimmer, dafür ist Morgen auch noch Zeit."

Katja hatte es sich nach dem Abendspaziergang mit einem Buch am Balkon bequem gemacht, als Gerhard betrunken und lallend ins Zimmer torkelte. Sie wollte ihm helfen, aber er hatte nur eines im Sinn. Er griff ihr dauernd unter den Rock, denn er wollte, und dies obwohl er sich kaum auf den Beinen halten konnte und nach Alkohol roch, sich unbedingt seines Dranges entledigen. Katja setzte sich zur Wehr, doch Gerhard wurde immer zudringlicher, unbeherrschter und grob, da verließ Katja fluchtartig das Zimmer.

Das Letzte was sie hörte war: „Alle ficken im Urlaub, nur Madame will nicht."

Katja wusste, dass die beiden ihn aufgestachelt hatten, denn diese Ausdrucksweise kannte sie von Gerhard nicht.

Als sie nach einer Stunde wieder ins Zimmer kam, lag er so wie er heimgekommen war quer über den Betten und schlief seinen Rausch aus. Katja nahm sich die Luftmatratze und schlief mit gemischten Gefühlen, den Sternenhimmel über ihr, auf dem Balkon ein. Ihre Ablehnung würde wieder Wochen des eisigen Schweigens mit sich bringen. Andererseits fragte sie sich - *Wie komme ich dazu, auf diese Art meinen ehelichen Pflichten nachzukommen?*

Am anderen Morgen würdigte Gerhard sie keines Blickes, geschweige denn, dass er mit ihr sprach. Die Kinder wollten beim Frühstück ihrem Vater ganz stolz ihre erworbenen Segelscheine zeigen, aber er reagierte nicht und hüllte sich in Schweigen. Katja forderte die Kinder auf, Vater in Ruhe zu lassen. Vater hatte gestern einen turbulenten Tag und sicherlich auch zu viel Sonne erwischt.

„Du wirst es ja wissen", war alles was er am Frühstückstisch von sich gab. Die Kinder suchten das Weite. Katja wollte Gerhard ihr Verhalten erklären: „Ihr habt gestern ordentlich über den Durst getrunken, du konntest dich doch kaum auf den Beinen halten. Außerdem warst du sehr grob zu mir, hast mich beschimpft, also bin ich lieber gegangen. Gerhard, das wirst du doch verstehen? Gerhard – so sag doch was." Eisiges Schweigen, auch nach dem Urlaub.

Was würde eine Scheidung bringen?

Während sie mit dem Bügeln des Wäscheberges beschäftigt war, dachte Katja wieder einmal an ihre Situation.

Haben wir uns so auseinander gelebt? Oder ist durch das Hausbauen, die Kinder, die Fülle von Pflichten einer Mutter und Hausfrau viel zu wenig Zeit übrig geblieben an sich zu denken? Hat sich Gerhard so geändert – oder habe ich nun andere Ansprüche ans Leben? Was ist es?

In unseren ersten fünf, sechs Ehejahren war er rührig, kümmerte sich um das Haus, den Garten, bastelte so lange an den kaputten Geräten bis diese wieder funktionierten.

Mit der Zeit wurde der Sex nur mehr ein Ritual. Gerhard war bereit und suchte sofort das warme Nest, um sich darin zu entleeren. Die Versuche von Katja, mit Gerhard darüber zu sprechen oder ihn daran zu erinnern, dass dies vor der Ehe auch möglich war, scheiterten.

„Wozu soll das gut sein? Wir tun das, was man tut, wenn man verheiratet ist und das Bett gemeinsam teilt."

„Ja, aber nur weil du schon bereit bist, ist nicht gesagt, dass ich ebenso empfinde. Früher hattest du dir mehr Zeit genommen und mir mit deinen Händen und Küssen auch Freude bereitet."

„Du liest zu viele Bücher, wolltest ja auch immer, wenn ich wollte."

„Gerhard du vergisst aber, wir haben geplaudert, waren zärtlich, haben uns geküsst, und mussten warten bis es im Garten dunkel war. Es war auch anders, wenn wir uns in meinem Zimmer trafen, nachdem wir vorher im Garten Zärtlichkeiten ausgetauscht hatten." Bei solchen Gesprächen stand Gerhard einfach auf und verließ kommentarlos den Raum.

Sie hatte es mit der Zeit aufgegeben mit Gerhard darüber zu debattieren. Er zog sich immer mehr in sein Schneckenhaus zurück, nach der Arbeit verbrachte er lieber die Zeit bei der Feuerwehr oder saß vorm Fernseher. Wenn er heimkam wies nichts, außer einem Gruß und vielleicht dem Kaffee, welchen er in der Küche still einnahm, auf seine Anwesenheit hin. Katja richtete es oft so ein, den Kaffee mit ihm zu trinken, um vielleicht doch ein Gespräch führen zu können. Aber er trank schweigend, auch wenn Katja nicht locker lassen wollte, weil doch das eine oder andere zu besprechen war. Dann hörte sie nur: „Wirst es schon richtig machen, meine Meinung ist ja sowieso nicht gefragt."

Ohne Antworten auf die offenen Fragen zu geben stand Gerhard auf und ging ins andere Zimmer.

Die Erkundigungen beim Anwalt wegen einer Scheidung waren nicht sehr viel versprechend. Für die Kinder müsste Gerhard sehr wohl aufkommen und mit dem Geld, das sie verdiente, wäre alles andere zu bestreiten. Egal ob dies viel oder - wie bei ihr - wenig war. Sie fragte sich - *Soll ich Haus und Garten aufgeben?* Das Haus mit den Krediten könnte sie sich keinesfalls leisten. Selbst, wenn man das Haus verkaufte, den restlichen

Kredit abdeckte, müsste sie mit dem ihr zustehenden Anteil eine Wohnung für sich und die Kinder suchen, die den Garten und ein geräumiges Haus gewöhnt waren, war eher eine Zumutung. Katja war am Haus nicht angeschrieben wie sie zwischenzeitlich festgestellt hatte, obwohl von ihr und den Eltern einiges Geld darin steckte. Vielleicht hätte sie sich damals mehr darum kümmern müssen. Wenn sie angeschrieben wäre, würden eher Chancen bestehen, dass sie mit den Kindern bleiben könnte. Aber auch das wäre für sie nicht finanzierbar. Also war an Scheidung nicht zu denken.

Andererseits überließ Gerhard ihr alle finanziellen Entscheidungen. Sein Taschengeld waren immer schon die Überstunden, wobei er das meiste noch auf ein Sparbuch legte. Finanziell wäre ja alles in Ordnung, die Streitereien mit den Kindern und seine Nörgeleien an ihr gehörten zum Alltag.

Katja tat ihr Mann eigentlich Leid, weil er so gar nicht aus sich herausging und auch von sich aus nichts unternahm, was ihm Freude bereitete.

Wenn sie irgendwo eingeladen waren, dann ging er mit, war gesprächig, nur wenn er dann etwas getrunken hatte hörte Katja, dass sie nie zu Hause war, da ihr alles andere wichtiger war. Es störten ihn Vorträge oder die Kaffeerunden, die sie besuchte, ebenso die Bücher die sie las. Seine Mutter war immer für seinen Vater da, wenn dieser nach Hause kam und das wollte er auch von ihr. Jahrelang hatte sie versucht es so einzurichten, doch dies nützte nichts, denn er wollte seine Ruhe haben und war an nichts interessiert, aber sie sollte eben im Haus sein, wo sie hingehörte.

Bei der Feuerwehr führte er mit seinem Wissen aus Kursen das große Wort. Sein Beliebtheitsgrad war dadurch nicht so wie er es gerne gesehen hätte, denn seine andauernd belehrende Art störte viele.

Wenn Katja seine Meinung zu etwas hören wollte, gab er immer zur Antwort. „Du wirst schon das Richtige tun, kümmerst dich ja sonst auch nicht um meine Meinung."

„Das stimmt doch nicht, sag was du willst, wir können doch darüber reden." Aber es gab von Gerhard keinen Kommentar, für ihn war die Debatte zu Ende. Also was sollte Katja tun? Am besten war, ihn in Ruhe zu lassen.

Katja beschloss, ohne die Kinder oder den Haushalt dabei zu vernachlässigen, sich für ihre seltenen amourösen Abenteuer die Zeit zu stehlen. Katja holte sich in solchen Stunden seelische und auch körperliche Befriedigung. Sie fühlte sich tagelang auf Wolke sieben und war im Einklang mit ihrem Körper. Sie musste mit den Terminen jonglieren, es war allerhand Einfallsreichtum gefragt. Sie war bestrebt, entsprechende Alibis zu haben, wenn es mal länger dauerte und Gerhard schon zu Hause war. Aber an seinem Blick konnte sie sehen, dass er es nicht gut hieß, wenn er zu Hause war und sie nicht. Obwohl sie wusste, darauf keine Antwort zu bekommen sagte sie dann: „Schöne Grüße von ...", oder „Die Ausstellung war toll", „Dieses Einkaufen dauert immer ewig," wenn sie die Einkaufstaschen ins Haus schleppte. Gerhard ließ sich nicht aus seiner Ruhe bringen, las die Zeitung, trank, da seine Frau nicht zu Hause war, seinen selbst zubereiteten Kaffee und tat, als wäre Katja gar nicht da. Sein Blick über den Brillenrand sagte aber: Jetzt ist alles in Ordnung, sie ist dort wo sie hingehört, im Haus und beim Herd.

Katjas fröhliches, zufriedenes, glückliches, erfülltes Gesicht ließ sie immer draußen, sodass er nur ihr Alltagsgesicht sah. Er nahm sich ohnehin nicht die Zeit oder hatte Erfahrung, in den Augen einer Frau zu lesen. Da waren andere schon recht geschickt und stellten fest, dass sie lüstern, erotisch oder befriedigt blickte.

Unerwartete Begegnung

Bereits in der Früh kündigte sich einer von den wunderbaren Herbsttagen an. Auf dem Heimweg von der Schule entschied sich Katja in die nahe Stadt zu fahren, um diesen Tag wie eine Urlauberin zu nützen. Sie wimmelte beim Bummeln alle Männer, die sich ihr anschließen oder sie in ein Kaffeehaus einladen wollten, sehr energisch und bestimmt ab. Ihre Schritte führten sie in die Parkanlage, um sich im Lokal am Ufer des Teiches niederzulassen. Trauerweiden säumten das gegenüberliegende Ufer und spiegelten sich im Wasser, die wenigen Ruderboote störten kaum die ruhige Idylle.

„Guten Tag.“

Katja wendete den versunkenen Blick vom Teich Richtung Stimme. Da stand nicht der Kellner, sondern ein etwas älterer, sehr attraktiver, braungebrannter, sehr teuer gekleideter Herr.

„Entschuldigen Sie, dass ich ihre Gedanken störe, ich weiß auch, dass fast alle Tische leer sind, aber ich wollte fragen, ob Sie mit mir auf meinen Geburtstag anstoßen würden? Allein macht das keinen Spaß und Sie entsprechen ganz meinen Vorstellungen von einer Damengesellschaft, in deren Umfeld ich mich wohl fühlen könnte“, wobei seine Augen voll Bewunderung Katja anstrahlten. Er hatte eine sehr gewinnende Art zu sprechen und machte den Eindruck eines älteren Gentlemans.

„Sie sehen nicht aus, als würden sie dies alle Tage zu ihrer ganz persönlichen Anmache auserkoren haben. Außerdem bin ich überzeugt davon, dass Sie sofort, wenn ich Zweifel an ihren Worten hätte, mir einen Ausweis zeigen würden, in dem ich dies nachlesen könnte.“

„Nun, darf ich?“

Er kam ihrer Handbewegung mit den Worten nach: „Ich bin geschäftlich hier und habe erst am Nachmittag einen Termin wahrzunehmen. Ich bin hier aufgewachsen und so habe ich mir die Zeit so eingeteilt, all die Lieblingsplätze meiner Jugend zu besuchen. Dieses Lokal mit der Terrasse am Ufer des Teiches gehört ebenfalls dazu.“

Der Kellner kam aus dem Lokal.

„Entschuldigen Sie mich bitte“, und er ging dem Kellner entgegen und beide verschwanden im Lokal.

Seine ersten Worte als er wiederkam waren: „Darf ich mich vorstellen: Gregor Jaromir Sonnenfels, Architekt und Baumeister. Aber das können Sie ja sowieso auf meiner Visitenkarte nachlesen“, und er überreichte ihr diese.

Der Kellner kam mit Sektkübel und einem Tablett, auf dem eine Auswahl von belegten Brötchen lag, stellte alles auf dem Tisch ab, nachdem das mitgekommene Mädchen den Tisch sehr aufwendig gedeckt hatte. Jaromir lächelte über Katjas erstauntes Gesicht.

„Sie können das mit dem Geburtstag ruhig glauben. Natürlich steht dieser nicht auf meiner Visitenkarte. Seien Sie ganz einfach mein Gast. Das Schicksal meint es gut mit mir, das Wetter könnte nicht schöner sein.

Dieser Park mit dem Teich, war einst mein Lieblingsplatz, und nun trägt ihre Gesellschaft zu einem gelungenen Geburtstag bei."

„Ich weiß nicht wie ich dazu komme, aber ich wünsche Ihnen alles Gute zum Geburtstag", und hob ihr Glas.

„Erlauben Sie mir zu fragen, mit wem ich das Vergnügen habe?"

„Katja muss genügen."

Er überspielte sein Erstaunen über Katjas knappe Antwort, und hob sein Glas mit den Worten: „Auf den wunderbaren Tag und die schöne Unbekannte an meinem Tisch." Sie prosteten einander zu.

Katja hatte sein Erstaunen bemerkt und sagte mit einem ganz bezaubernden Lächeln: „Dann wünsche ich Ihnen, dass dieser Tag zur positiven Erinnerung an diese Stadt, den Platz Ihrer Jugend wird, Prost!"

In seinen Augen blitzte wieder das Schalkhafte, das seinem Gesicht fast spitzbübische, jugendliche Züge verlieh. Er sah unverschämt gut aus.

Katja fragte sich, wie alt er sein könnte, fünfzig, fünfundfünfzig oder doch schon älter?

Ihre Gedanken wurden von Jaromirs Stimme unterbrochen: „Ich bin schon eine Weile auf dieser Welt und werde Ihnen in kurzen Worten etwas über mich erzählen. Nach dem Studium übersiedelte ich nach Salzburg, eigentlich in einen Vorort. Als Architekt war ich bald sehr gefragt und in der Lage mir ein schönes altes Anwesen zu kaufen. Ich lernte kurz darauf meine Frau kennen, und wir gründeten unsere Firma. Ich plante nicht nur Häuser, sondern übernahm auch die bauliche Umsetzung und meine Frau als Innenarchitektin sorgte für den Rest. Wir hatten auch Glück, denn zu unseren Kunden zählte ein ausgewähltes Klientel. Wir haben zwei Kinder im Erwachsenenalter und führen eine harmonische Ehe ohne zu klammern oder den anderen einzuengen. Dem Termin hier in dieser Stadt ist ein Schreiben eines Anwalts vorausgegangen, weil meine Anwesenheit bei einer Testamentseröffnung erforderlich ist, obwohl ich überhaupt keine Ahnung habe."

Jaromir war ein ausgesprochen interessanter Mann, der es auch verstand, ganz nebenbei, bei seinen Erzählungen zu flirten, ohne auch nur im leisesten anzüglich zu sein. Die Zeit flog nur so dahin und Katja beneidete seine Frau um diesen Mann. Auf den Bildern wirkte sie eher kühl, hatte eine Figur, die im Fitness Studio hart erkämpft war, darüber konnten auch die teuren Kleider nicht hinwegtäuschen. Seine Tochter war eine Schönheit und der Sohn hatte die Gesichtszüge seines Vaters.

Es war schließlich Katja, die ihn an seinen Termin erinnerte.

"Es war nett, mit Ihnen zu plaudern und ich möchte mich für die Zeit, die Sie mir geschenkt haben von ganzem Herzen bedanken." Sie kamen an einem Blumengeschäft vorbei. Er bat sie zu warten, kam mit einem riesigen Strauß Blumen wieder und reichte ihn Katja mit den Worten: „Ich bedaure es, dass sich unsere Wege trennen und ich keine Chance sehe, Sie wieder zu sehen." Er küsste ihre Hand, ging mit festen Schritten in das Gebäude, wo die Kanzlei des Anwaltes lag.

Da stand sie nun mit den Blumen und bedauerte ebenfalls seinen Termin, denn der Tag war noch jung. Sie tröstete sich mit der Tatsache, dass dieser Mann gerade sie ausgesucht hatte, obwohl noch andere Damen allein waren. So einem Mann, mit dieser Ausstrahlung und dem weltgewandten Benehmen lief man nicht oft über den Weg. Sie trug ihre Blumen zum Auto, welches in der nahen Tiefgarage stand und traf beim Verlassen eine alte Schulfreundin, mit der sie auf einen Kaffee ging. Ihre Freundin hatte nicht allzu viel Zeit, sodass sie dann noch gut eine Stunde allein durch die Gassen und Straßen schlenderte, bevor sie heimfahren musste.

Als sie am Ausfahrtsschranken der Tiefgarage anhielt, kam von rechts ein Jaguar, welcher hinter ihrem Wagen zum Stehen kam. Katja suchte ihr Ausfahrtsticket, als sie die Stimme von Jaromir hörte.

„Katja, welch eine Freude Sie noch zu sehen. Haben Sie noch ein wenig Zeit für mich übrig, ich möchte Ihnen erzählen, was beim Anwalt los war."

Ein Blick auf ihre Armbanduhr überzeugte Katja, dass eine halbe Stunde noch locker unterzubringen sei.

„Ja, aber spätestens um 14 Uhr muss ich fahren: „Wenn wir gleich unten am Marktstand etwas trinken, verlieren wir keine Zeit."

Er bestellte zwei Gin Tonic und erzählte: „Sie werden es für ein Märchen halten, denn auch ich hatte eine Weile in meinen Erinnerungen gekramt, um mir alles zusammen zu reimen. Stellen Sie sich vor, eine Jugendsünde hat mich eingeholt."

„Die Jugendsünde hatte mit dem Testament zu tun?"

„Ja, das hat sie."

„Dann können Sie nur einen unvergesslichen Eindruck hinterlassen haben."

„Wieso glauben Sie das so sicher?"

„Ich habe früher bei einem Anwalt gearbeitet und da kommen einem bei den Testamentseröffnungen oft recht sonderbare Hinterlassenschaften unter."

„Sie sagen es. Die Dame, die mir ihr Gartenhäuschen vermacht hat, war in meiner Studienzeit eine sehr intime Freundin. Sie war zwar um knappe zwanzig Jahre älter als ich, aber eine Frau, die einem jungen Studenten so ziemlich alle Wünsche erfüllen konnte. Sie war eine wunderschöne Frau, alle beneideten mich. Sie verwöhnte mich und ich verlebte unvergessliche Stunden mit ihr. Es waren mehr als zwei Jahre, die diese Beziehung dauerte und sie liebte mich abgöttisch. In der Zeit meines plötzlichen Umzuges nach Salzburg war sie für vier Monate nach Kanada zu ihrer Schwester geflogen. Wir sahen uns nie wieder. Nun muss ich noch bleiben, um die erforderlichen Wege zu erledigen. Ich weiß, es ruft Sie Ihre Pflicht als Mutter, aber es wäre wunderschön, wenn Sie mir auch einige Stunden ihres Abends schenken könnten. Wenn dies nicht geht, würde ich mich freuen, wenn Sie morgen mit mir zu Mittag essen. Katja, Sie sind eine außergewöhnliche Frau, auch wenn Sie gelegentlich sehr abweisend sein können, ich möchte Sie wieder sehen."

Sie verabredeten sich für den nächsten Tag zum Mittagessen. Auf dem Heimweg vom Büro fragte sie sich ob sie mit ihren 43 Jahren diesen Mann wirklich so faszinierte, dass er sich um ihre weitere Gesellschaft bemühte. Zu Hause machte sie sich entsprechend dem Anlass frisch. Sie tauschte das Kostüm gegen ein elegantes Kleid. Dieses unterstrich ihre fraulichen Reize ohne die Eleganz zu stören.

Katja hatte das Richtige gewählt, wie sie Jaromirs bewunderndem Blick entnehmen konnte. Er erzählte, dass er das Gartenhäuschen vorerst gar nicht gefunden hatte, sondern beim Vorbeifahren sich über ein Haus gewundert hatte, dessen Stilrichtung so gar nicht zu den eher ländlichen Häusern passte. Jaromir erinnerte sich, dass er Gudrun damals seine Vorstellungen von einem Neubau skizziert hatte. Im Erdgeschoß hinter einer größeren Tür, mit der Aufschrift „zum Garten", war das alte Gartenhäuschen in dieses Haus integriert. Es war regelrecht von Mauern umgeben. Natürlich kamen beim Anblick der so vertrauten Gegenstände die verblassten Erinnerungen an die Zeit mit Gudrun zurück. Sie hatte nichts verändert.

Der Anwalt hatte ihm am Vormittag, nachdem er die Erbschaft angenommen hatte, auch einen Brief von Gudrun übergeben, in dem sie ihm für die gemeinsame Zeit dankte. Bevor sie zu ihrer Schwester nach Kanada auswanderte, ließ sie das Haus nach seinen Plänen errichten und verbrachte einige Sommer hier.

Wörtlich zitierte er aus dem Brief: Geliebter, nie wieder konnte ich all das fühlen, genießen, was ich in der Zeit mit dir erleben durfte. Du hast mir so glückliche Stunden beschert, dass ich dieses Haus samt dem Gartenhaus für dich errichten ließ und ich hoffe, dass du auch an unsere gemeinsame Zeit denken wirst, wenn du hierher zurückkommst, deine dich innig liebende Gudrun. „Katja, ich bin dem Zufall sehr dankbar, denn ich habe dadurch eine Frau wie Sie, Katja, kennen gelernt."

Beim Essen erzählte Katja auch ein wenig von sich, sie sprachen über dieses und jenes. Eine unausgesprochene Spannung lag zwischen ihnen. Sie sprachen auch über das Thema Liebe und Ehe. Sie waren sich einig darüber, dass der Wunsch an die wahre Liebe zu glauben und das Eheversprechen ernst zu nehmen, bei jedem Paar vorhanden ist. Dennoch verläuft das Leben oft ganz anders und lässt trotz aller guten Vorsätze eine Ehe oft scheitern.

Jaromir sparte nicht mit Komplimenten. Er war davon überzeugt, in Katja eine Frau vor sich zu haben, die Lust und Leidenschaft in vollen Zügen genießen konnte.

Katja blickte ihn nachdenklich an und meinte: „Jaromir", in der Zwischenzeit waren sie zum „du" übergegangen, „du bist wie ich verheiratet und machst mir nicht den Eindruck eines unglücklichen Mannes."

Er lachte einfach über ihren Einwand.

„Katja, du bist doch eine Frau, die die Stunde und den Augenblick bewusst genießen kann und wenn du es zulässt, dann kann kein Mann sich deinem erotischen Bann entziehen. Ich erkenne mich gar nicht wieder, oder hatte mich die Vergangenheit so aufgewühlt? Nein, es musst du sein, Katja. In Salzburg komme ich gar nicht zu solchen Gesprächen, auch wenn ich oft genug eindeutige Angebote bekomme und dankend ablehne. Da hilft mir eine sehr glaubwürdige Ausrede: Ich bin zwar noch nicht in dem Alter, aber medizinisch leider schon und ich möchte daher Ihnen und mir die unweigerliche Enttäuschung ersparen."

„Und das wirkt?"

„Ja, zumindest habe ich dann Ruhe."

„Ich würde dir kein einziges Wort davon glauben, denn in deinen Augen glimmt unter der Asche die Glut. Was sind das für Frauen, die den Männern nicht in die Augen sehen?"

Jaromir schaute darauf Katja tief in die Augen und fragte sie, ob sie Zeit und Lust hätte mit ihm auf den Semmering zu fahren, denn er musste noch einiges fotografieren und ausmessen, weil die Möbel sicher nicht den Vorstellungen seiner Frau entsprachen.

„Warum nicht, meine Neugier ist geweckt."

Der Jaguar glitt lautlos über die Autobahn. Jaromir liebte Klassik und der Hörgenuss in diesem Wagen war ein besonderes Vergnügen. Das Haus war in seiner Eigenwilligkeit sehr schön, dennoch in die ländliche Gegend passte es nach Katjas Ansicht nicht. Der Garten wirkte verwildert, dürfte aber sehr hübsch gewesen sein.

Da Jaromir schneller fertig war als er ursprünglich geglaubt hatte, fuhren sie gleich bei seinem Hotel vorbei, damit er, nachdem er Katja zu ihrem Auto gebracht hatte, nicht wieder zurückfahren musste.

Beim Eintritt in sein Hotelzimmer sagte Jaromir: „Es dauert schon ein wenig, komm genieße den herrlichen Ausblick vom Balkon."

Er war tatsächlich beeindruckend, Katja bot sich ein herrlicher Blick auf die Weinberge mit ihrem bunten Laub. Die Sonne, welche bald hinter den Hügeln verschwinden würde, tauchte die Weinberge in goldenes Licht. Jaromir kam mit zwei Gläsern Sekt auf den Balkon.

„Lass uns auf den Abschied anstoßen, Katja. Ich danke dir für die Zeit, die du mir geschenkt hast."

„Auch mir hat es Freude gemacht – auf dich!"

„Katja, am liebsten würde ich dich in die Arme nehmen und mit dir diesen Anblick stumm genießen, bis die Sonne hinter dem Hügel verschwunden ist."

Katja nahm ihm das Glas aus der Hand. „Dazu brauchst du aber beide Hände." Er legte ihr die Hände auf die Schulter und berührte mit seinem Kopf den ihren. So verharrten sie, bis nur mehr der Schein der untergehenden Sonne hinter den Bergen das Firmament beleuchtete.

"Jetzt trinken wir noch einen Schluck, dann gehe ich packen."

Jaromir machte im Zimmer aber sofort am Absatz kehrt, kam auf Katja zu, zog sie in seine Arme und küsste sie sanft. Zärtlich hielt er sie im Arm, löste sich von ihr und ging seine Sachen packen.

Seine Worte beim Abschied waren von bleibender Erinnerung. „Katja, es war uns vergönnt, einige Stunden in einer noch nie empfundenen Vertrautheit zu verbringen und Gleichklang der Seelen zu erleben. Sie werden in meiner Erinnerung immer als etwas ganz Besonderes erhalten bleiben." Er küsste ihr die Hand, bestieg seinen Wagen und verschwand hinter der nächsten Kurve.

Einladung

Als das Telefon klingelte, war Katja damit beschäftigt, für das Herbstfest der Pfarre Kuchen zu backen. Katja ärgerte sich darüber, dass sie sich wieder einmal überreden hatte lassen, zwei Torten und drei Bleche mit Kipferl aus Topfenteig zu machen. Die Hände voll Teig, das Gesicht von der Hitze gerötet, den Haarknoten gelöst und leicht verschwitzt, nahm sie den Hörer ab.

"Ich dachte schon, du bist nicht zu Hause" hörte sie Laras fröhliche Stimme.

"Katja, Liebes, ich hoffe ich störe dich nicht und du gibst uns keinen Korb. Wir sind heute überraschend allein zu Hause und wollen den Abend mit dir verbringen. Ich weiß, es ist ganz kurzfristig, wir haben es schon so oft vorgehabt, aber stets kam etwas dazwischen. Katja, bist noch da?"

„Ja, Lara ich bin noch da und ich freue mich deine Stimme zu hören, aber das mit heute Abend ist nicht so einfach. Ich muss noch für die Pfarre backen.“

"Das tut mir aber Leid und Erik wird auch enttäuscht sein."

Wann wolltet ihr denn, dass ich komme?“

"Wir sind ab 18 Uhr allein."

Katja sah auf die Uhr. Es war bereits 17 Uhr. „Das ist unmöglich“ - Katja überlegte: duschen, sich schön machen, was Tolles anziehen, „aber so gegen 19 Uhr könnte ich es schaffen.“

„Katja, das ist wunderbar, wir freuen uns.“

Als sie aufgelegt hatte, beschloss Katja nur ein Blech mit gefüllten Topfenkipferln zu machen und Traude anzurufen, ob sie so nett wäre den Rest zu backen. Traude gegenüber sagte Katja was von einem schweren Migräneanfall. „Die Torten, ein Blech mit gefüllten Kipferl habe ich schon gemacht.“

„Mach dir keine Sorgen, schau lieber auf dich, Katja. Du lässt dir sowieso stets zuviel aufhalsen, du musst auch einmal nein sagen. Die lieben Pfarrgemeindemitglieder tun ja so als ob außer dir niemand gute Mehlspeisen backen könnte. Und zum Organisieren spannen sie auch immer dich ein. Lass dich nicht so ausnutzen.“

Traude war neu in der Pfarre und hatte sicherlich diesen Eindruck – oder stimmte das, fragte sich Katja? Mit diesen Gedanken stellte sich Katja unter die Dusche.

*

Sie zog ihren brombeerroten Body an, wählte dazu die schwarzen Strümpfe mit den dunkelroten Spitzen. Um den Hals legte sie das passende Samtband und schlüpfte in den kurzen, schwarzen Rock, den sie sich kürzlich, aus einer Laune heraus, gekauft hatte. Dazu wählte sie die passende Jacke. Sie betupfte die Ohrläppchen und Handgelenke mit

Chanel Nr. 5, schlüpfte in schwarze Stöckelschuhe, betrachtete ihr Spiegelbild, nickte zufrieden, nahm die Handtasche und verabschiedete sich von den Kindern. Falls Vater fragt, sagt ihm, ich bin mit Sonja im Theater.

Gerhard interessierte dies überhaupt nicht und so konnte sie es ganz problemlos als Ausrede benutzen. Natürlich wusste sie über das Stück Bescheid, Sonja hatte sie bereits instruiert. Sonja war mit ihrem Freund unterwegs, also war auch sie nicht erreichbar, falls Gerhard anrufen sollte. Katja hatte von Erik gelernt, wasserdichte Ausreden vorzubereiten, um nicht in Verlegenheit zu kommen.

Erik und Lara öffneten gemeinsam die Tür. Lara umarmte und küsste Katja, Erik aber reichte ihr nur die Hand. „Na ihr zwei, müsst ja nicht so förmlich sein", meinte Lara. Was zur Folge hatte, dass Erik, Katja ein Küsschen auf die Wange hauchte, ihr seinen Arm reichte und sie ins Wohnzimmer führte.

Der Duft von Räucherstäbchen und brennenden Kerzen erfüllte den Raum. Lara hatte ebenfalls ein kleines Schwarzes gewählt und Erik trug zur dunkeln Hose ein schwarzes Seidenhemd mit Stehkragen. Sie nahmen um den Couchtisch Platz, auf dem Häppchen vorbereitet waren. Erik brachte aus der Küche den eisgekühlten Champagner, füllte die Gläser und der zarte Klang der dünnen Gläser unterbrach die Stille. Katja hob ihr Glas mit den Worten: "Ich freue mich auf einen wunderbaren Abend mit euch".

Aus der B & O Anlage, dem Stolz von Erik, erklang eine Mozartserenaden.

Lara erzählte mit leiser Stimme, jedoch sehr ausführlich, wie sehr sie den erotischen Nachmittag mit Katja genossen hatte. Erik war stiller Zuhörer und Katja unterbrach sie nicht, obwohl sie sich nicht ganz wohl fühlte, als Lara die Intimitäten erzählte.

Dazwischen wurde Champagner getrunken und Häppchen verkostet.

Lara setzte sich zu Katja auf die Bank, nahm sie in die Arme und küsste sie. Katja schossen Gedanken durch den Kopf: „Wie soll ich mich verhalten, ohne dass ich mich und Erik verrate?"

Aber Lara ließ Katja keine Zeit zum Nachdenken.

„Komm Katja", nahm sie bei der Hand und führte sie ins Schlafzimmer, in dem nur die Kristallwandleuchten brannten.

Die Türe blieb offen, sie legte sich auf die Tagesdecke und zog Katja zu sich. Katja stellte fest, dass Erik nicht mit ins Zimmer gekommen war und sie begann sich mit Laras wunderschönem Körper zu beschäftigen. Die Pumps, die störenden Kleider lagen bereits auf dem Fußboden. Lara hatte cremefarbene, seidene Unterwäsche gewählt, die sich von ihrem braungebrannten Körper sehr erotisch abhob. Das gegenseitige Streicheln, die Küsse, die fordernden Lippen und die Zungenspitze, brachten die Haut zum Vibrieren. Lara kniete zwischen Katjas Schenkeln, leckte, knabberte und saugte an ihrer nassen, aufgewühlten Liebesgrotte.

Erik erschien im Zimmer, deutete Katja still zu sein. Er nahm seinen erregten Schwanz aus dem Slip, kniete sich hinter seine Frau und begann deren Lustzentrum, welches von Katja schon sehr in Erregung gebracht worden war, zu küssen und als beide Frauen ihrem Höhepunkt zustrebten, schob Erik seinen Speer tief ins Innere von Lara. Diese biss vor Lust in Katjas Kitzler, sodass auch Katja sich nicht mehr beherrschen konnte und sich dem wallenden, wogenden Orgasmus hingab. Natürlich war der Gedanke mit ausschlaggebend - *Er fickt sie und nicht mich,* was sie mehr antörnte als sie je zu glauben gedacht hätte. Erik umklammerte Laras Hinterteil und stieß immer wilder auf seine Frau ein, die von Katja abließ und nur mehr gurrend und wispernd ihre Laute ausstieß. Katja hörte Laras keuchende Stimme, „Ja, Geliebter, zeig's mir, fick mich, ich bin deine Hure, mehr, mehr, tiefer …"

Nun kniete sich Katja vor Lara, packte diese bei den Haaren hob ihren Kopf und presste deren erregtes Gesicht auf ihre heiße, feuchte Scham und strahlte dabei Erik an. Katja nahm Laras Brustwarzen, drückte, zwickte und zog an diesen. Laras Körper glänzte im Licht und noch immer stachelte sie Erik auf, der unermüdlich in ihr mit seinem lustvollen Schwanz wühlte. Katja war so erregt, dass sie selbst an sich Hand anlegte, was aber nun Erik noch mehr erregte, sodass er seiner Frau zuflüsterte! „Du Hure, lass dich fallen, ich will dich aufspießen" und er drückte Laras Becken aufs Bett und blieb ruhig auf ihr liegen, hob seinen Kopf um Katja zu sehen.

Katja sah in seinen Augen, dass er es nicht mehr lange zurückhalten konnte. Sie stellte sich über Lara und rieb sich ihre erregten Schamlippen, bis sich alle Schleusen öffneten und der Quell der Lust auf den Rücken von Lara tropfte. Das war für Erik zuviel, schreiend entlud er sich. Wimmernd, stöhnend, nach Atem ringend, lagen sie sich in den Armen.

Erik löste sich als erster aus den umschlungenen Körpern und brachte die fertig gekühlten Gläser mit Zitroneneis, welches mit Champagner übergossen war. Sie löffelten und tranken, wobei jeder mit seinen Gedanken beschäftigt war.

Es war Lara, die das Schweigen unterbrach. „Erik, was meinst du, sollten wir uns für das eben Erlebte nicht bei Katja bedanken" und sie begann Katja zu streicheln und lud Erik ein, ihr doch zu helfen. Katja fühlte nur noch Hände, Lippen, Zungen, die ihren Körper neuerlich in Aufruhr brachten. Sie ließ sich fallen, was sie erreichte, ergriff sie, streichelte es oder küsste dies. Bevor sich Lara wieder ihrem Schoß widmete, bat sie Erik, sich über Katja zu setzen um sich ihrer Brust zu widmen.

Nun konnte sie Erik wieder in die Augen sehen und diese lächelten. Er küsste sie nun ebenfalls leidenschaftlich, schob ihr sein Glied zwischen die Lippen, an dem sie gierig saugte, bis er sich zurückzog und seinen Schwanz zwischen ihre Brüste legte. Katja half ihm noch, indem sie ihre Brust zusammen drückte, damit der Pfahl, nach dem sie sich so sehr sehnte, ja nicht aus ihrem großen Busen glitt. Erik beherrschte dies ja bereits recht gekonnt, denn er kam gerne in dieser Stellung. Wenn er sich entlud, dann umschlossen ihre Lippen seinen Schwanz, damit ja kein bisschen von dem köstlichen Saft verloren ging. Katja schmeckte Eriks Samen besonders gut.

Lara kniete zwischen Katjas Beinen um deren lustvoll erregte Grotte mit Küssen zu verwöhnen. Ihre Finger wühlten nun in dieser, plötzlich schob sie Katja einen Vibrator in die Muschi und knabberte an ihrem Kitzler. Diesmal war es Katja, die alle möglichen und unglaublichen Laute von sich gab, bis sie vom Orgasmus überrollt wurde. Erik schenkte ihr zwar auch diesmal seinen Samen, nahm ihr aber das geliebte Spielzeug einfach weg und vögelte ganz ungeniert wieder seine Frau.

Katja nahm dies alles nur vage wahr, denn sie hatte mehrere gewaltige Orgasmen durchlebt und fühlte sich glücklich, obwohl sie sich mit dem Vibrator zufrieden geben musste.

Im Badezimmer alberten sie herum wie kleine Kinder, kicherten über alles, was sehr erlösend wirkte.

Lara brachte es mit den Worten: "Ich finde, der gemeinsame Ausflug ins Reich der Sinne und der Lust war von Harmonie getragen", auf den Punkt.

Zu Katja meinte sie noch: „Heute hat sich Erik endlich zwischen großen Brüsten austoben können. Davon träumt er halt immer, ich kann ihm dies leider nicht bieten.“

„Lara, du hast einen so wunderbaren Busen, eine makellose Figur. Wie würdest du denn mit meinen großen schweren Brüsten aussehen?“

„Du hast ja Recht, aber er tut mir halt Leid, du weißt, ich möchte ihn immer ganz glücklich machen. Heute konnten wir beide aus dem Vollem schöpfen und dafür danke ich dir.“

„Lara, was soll das, ich fühle mich wie auf Wolken und mein Körper ist in einer Hochstimmung, die ich bisher nicht gekannt habe. All das Neue und doch Bekannte ist heute ganz anders gewesen als sonst. Ich wusste gar nicht, wie sehr man sich gegenseitig aufwühlen kann.“

Katja lag in ihrem Bett und ließ den gemeinsamen Abend noch einmal Revue passieren. Sie fand, dass sie und Erik sich nicht verraten hatten, wenngleich sie sich schon nach seinem geilen Schwanz gesehnt hatte. Obwohl sie müde und glücklich war, griff sie in die Lade und holte sich ihre geliebte Kerze. Katja schob sie in die aufgewühlte und noch immer lodernde Grotte, schloss die Schenkeln, damit diese nicht entweichen konnte, legte sich zur Seite, träumte es wäre Eriks erregter Speer.

Katja wurde wach, da sie etwas an der Hüfte drückte. Sie legte die Kerze in die Lade und schloss mit einem glücklichen Lächeln wieder die Augen.

Im Unterbewusstsein glaubte Katja ein Klingeln zu hören.

Sie verspürte ein Rütteln an ihrer Hand. „Mama, wach doch endlich auf, es ist schon spät.“ *Hatte der Wecker nicht geläutet?* Katja sprang aus dem Bett und zog sich den Jogger an. Sie stellte fest, dass sie in zehn Minuten ihren Jüngsten in die Schule bringen musste, eilte in die Küche, um ein Jausenbrot zu richten, setzte sich die Sportkappe auf, nahm den Autoschlüssel vom Haken und beide eilten zum Wagen.

Sie fuhr zum Mühlbach, stieg aus und schlenderte diesen entlang. Sie sog die frische kühle Luft ein, erfreute sich an dem Gezwitscher der Vögel und begann ganz locker zu laufen.

Sie musste den Wecker selber abgestellt haben. Es war ja bereits zwei Uhr gewesen, als sie über den seitlichen Garageneingang das Haus betreten und barfuss ins Schlafzimmer gehuscht war. Aus dem Wohnzimmer war das gleichmäßige Schnarchen von Gerhard gekommen, das immer schlimmer wurde, je mehr er an Gewicht zunahm. So gesehen war sie glücklich darüber, dass er das gemeinsame Schlafzimmer mied.

Ein erotischer Nachmittag

Franz rief an und fragte, ob sie nicht Zeit und Lust hätte, wieder mal einen Nachmittag mit ihm zu verbringen, da er nun von seinen beruflichen zweimonatigen Auslandaufenthalt zurück sei und bot ihr zwei Termine an. Für den einen Termin hatte sie Theaterkarten, der andere war mit einer Damenrunde verplant.

Bei den Damen entschuldigte sich Katja kurzfristig, wobei sie ihnen noch einen Kuchen vorbeibrachte, den sie dafür vorgesehen hatte. Katja wollte die seltenen Termine mit Erik oder Franz wahrnehmen, sie drängte nie, sondern überließ ihnen die Entscheidung. Katja fand, dass sie damit niemandem Probleme machte und selbst auch solchen entging. Aber wenn es sich ergab, dann waren es ausgefüllte Stunden der Lust und Leidenschaft.

Franz bewirtete sie mit Sekt, Brötchen und Katja übergab ihm seine Lieblingsmehlspeise - Apfelkuchen. Sie erlebte einen Nachmittag, der ausgefüllt war mit Harmonie, Lust, Leidenschaft und ungeahnten Liebespraktiken. Mit Franz konnte man sehr offen über alles reden und so erzählte sie ihm von Lara und dem Abend zu dritt, wobei sie seine Meinung hören wollte.

"Katja, alles was zwei Menschen miteinander erleben und stets im Einklang tun, bereichert ihr Leben. Unerfüllte Sehnsüchte machen auf Dauer unzufrieden und verbittert. Auch ich habe Sehnsüchte, die mir selten oder gar nicht erfüllt werden. Wenn man mich tadelt und bestraft, dann kann ich meine Erektion unglaublich lange halten, ohne dass „er" erschlafft. Katja, bitte strafe mich."

Dies war ein Wunsch, mit dem Katja überhaupt nichts anfangen konnte, doch Franz sagte: „Mach es wie mit den Kindern, wenn sie nicht brav sind und du sie züchtigen musst."

„Ich züchtige meine Kinder nicht, oder tust du dies bei deiner Tochter?"

"Nein, Katja, schlag mich bitte", und er holte aus einem Schrank eine Lederpeitsche, "nimm sie und tu es für mich, bitte."

Anfangs waren es nur Klapse, die sie verteilte.

„Du musst mit mir auch schimpfen, denke dir halt was aus."

Zaghaft kamen die Worte aus Katjas Mund. „Du bist so was von ungezogen und was du von mir verlangst, ist eine Frechheit." Sie ließ die Peitsche dazwischen immer wieder auf seinen nackten Hintern klatschen. Katja war über seine Reaktionen und die dargebotene Bereitschaft, ihr alles und noch mehr zu geben nicht nur erstaunt, sondern überwältigt. Die Wirkung war enorm, sein Speer war zum Explodieren groß und ihre Schläge wurden doch stärker. Außerdem fand Katja ja bald heraus, dass er ihr unbedingt an die Wäsche gehen wollte, was sie ihm aber nicht erlaubte und ihn für den Ungehorsam bestrafte. Franz nahm an diesem Nachmittag, der bereits in den Abend überging, alles was ihm dargeboten wurde, mit einer Leidenschaft und kaum zu glaubender Ausdauer.

Katja war danach nicht imstande zu kuppeln, so sehr zitterten ihre Knie. Katja war aufgewühlt, sie hatte das Gefühl innerlich zu glühen und war doch von einer zufriedenen Mattigkeit. Sie wusste nicht, wie oft sie die Erfüllung fand, denn es war ein anhaltendes, sich steigerndes Lustempfinden. Katja dachte an seine Worte: „Mädchen, deine Quelle ist unerschöpflich, bis auf die Matratze ist das Bett nass, was bist du für eine leidenschaftliche Frau." Er nahm sie zum Abschied in die Arme, küsste sie, drehte sie um, lehnte sie über den Tisch, hob den Rock hoch, schob den Slip zur Seite und nahm sich das Dargebotene. Woher nahm dieser Mann diese Energie? Drei Tage lang hatte sie das herrliche Gefühl, als sei er noch in ihr, so sehr war sie in Aufruhr. Tatsächlich war alles überreizt.

Wie nett von meinen Mann

Bis zum Frühjahr war alles wie immer - aber dann staunte Katja über ihren Mann. Gerhard hatte die Gewohnheit, über ein Problem monatelang nachzugrübeln. Fand er dann eine Antwort, die ihn irgendwie zufrieden stellte, suchte er danach nach einer noch idealeren Lösung, wobei das Umsetzen auf der Strecke blieb.

Gerhard hatte bei der Feuerwehr erfahren, dass ein Besucher bei den Müllers die kompletten Elektroinstallationen für den Dachausbau gemacht hatte und die Familie von dessen Arbeit sehr begeistert war. Gerhard hatte ganz gegen seine sonstigen Gewohnheiten den Nachbarn gefragt, ob der Besucher auch bei ihm arbeiten würde. „Das kann ich dir beim besten Willen nicht sagen, er ist ein Freund meines Sohnes. Ich weiß nicht, wie lange er noch hier ist. Mein Sohn hat ihn im letzten Griechenland-Urlaub kennen gelernt und sie sind gemeinsam vier Wochen durch Griechenland getrampt. Gustav war selbst überrascht, als er auftauchte. Er will sich irgendwo bei uns Arbeit suchen und bis es so weit ist, hat er bei uns die Elektroarbeiten für den Dachausbau gemacht. Wir bauen den Dachboden für unsere Kinder aus. Gustav hat Alexius angeboten, die Arbeiten zu erledigen und als Gegenleistung darf er bei uns wohnen, bis er sich etwas anderes gefunden hat. Alexius wollte nicht wochenlang auf unsere Kosten leben.“

Und so kam es, dass ihr Gerhard eines Tages Alexius vorstellte und ihr mitteilte, dass er im Keller die Elektroinstallationen erledigen werde. Katja hatte diesen feschen, interessanten jungen Mann schon einige Male in der Siedlung gesehen, wusste aber nichts Näheres über ihn. Er war einer jener jungen Männer, der die Phantasien einer Frau sehr in Aufruhr bringen konnte. Nun stand er in ihrer Küche: braungebrannt, gelockte, tiefschwarze Haare, groß, schlank und seine dunklen Augen blickten in die ihren, als er ihr die Hand reichte. Der kurze, jedoch intensive Blickkontakt endete, denn Gerhard ging mit ihm in den Keller.

Es war früher Nachmittag und Katja war allein zu Hause. Sie hatte sich auf einen gemütlichen Nachmittag eingestellt und erwartete auch keinen Besuch. Trotzdem klopfte es. Katja ging lustlos zur Tür, um zu öffnen. Draußen stand Alexius mit einem umwerfenden Lächeln und erklärte ihr: „Gerhard weiß, dass ich heute vorbeikomme. Ich bin zwar früher dran, ich hoffe es stört Sie nicht, wenn ich mich im Keller umsehe, damit ich mir das Material, das ich benötigen werde, zusammenschreiben kann.“

Katja sagte völlig überrumpelt: „Mein Mann kommt doch erst um 17 Uhr heim.“

„Ich weiß, er hat gesagt, ich soll mir die Zeit einteilen und Sie wären sowieso zu Hause. Dies freut mich besonders, denn Sie sind eine sehr erotische und interessante Frau, wie ich bereits feststellen konnte. Es kommt ja nicht oft vor, dass ein Mann mich zu so einer schönen Frau

mitnimmt, damit ich in ihrem Keller den Strom installieren soll. Darf ich?"
- machte die Kellertüre auf - und verschwand.

Katja stand da und fragte sich, ob Alexius immer so direkt war.

Katja war im Garten mit dem Aufhängen der Wäsche beschäftigt, als er vor ihr stand.

"Katja, könnten Sie mir helfen? Wo soll ich in der Waschküche die Leuchten anbringen, damit sie bei der Arbeit das Licht auch dort haben, wo es nötig ist?"

Katja war erstaunt, folgte ihm aber in den Keller. Eigentlich war sie verwundert, denn Gerhard wäre nie auf die Idee gekommen sie zu fragen, er hätte nach seinen Vorstellungen entschieden. Nun kam Alexius zu ihr und wollte von ihr wissen, wo sie gerne ihr Licht hätte. *Wie aufmerksam von ihm.*

Katja bemerkte, dass ihr die Gegenwart von Alexius einiges Unbehagen bereitete. Er war ein Bild von einem Mann. Die Worte von Alexius: „Wissen Sie, Katja, es ist schon ein prickelndes Erlebnis mit einer so schönen Frau, noch dazu mit Wissen des Gatten, allein in ihrem Keller zu sein", bestärkten ihr Gefühl noch mehr.

„Also wo soll ich die Leuchten nun montieren, damit Ihre Schönheit auch in der Waschküche voll zur Geltung kommt?"

„Sagen Sie, Alexius, sind Sie immer so direkt oder sind Sie so davon überzeugt, dass Ihnen die Frauen nicht widerstehen können?"

„Katja, ich bin so erzogen, die Wünsche einer Frau zu respektieren. Einer Frau Komplimente zu machen, lernt man bei uns von den Vätern. Ich bin sicherlich nicht der erste Mann, den Sie in Ihren Bann ziehen?"

„Bilden Sie sich da nicht etwas ein?"

„Nein, bestimmt nicht, ihr Leuchten in den Augen, als wir uns vorgestellt wurden, war nicht zu übersehen."

Katja ging darauf nicht näher ein – „Je eine Lampe bei der Waschmaschine, beim Trockner und hier beim Bügeltisch."

„Katja, ich bin mir sicher, dass Sie meine Anwesenheit etwas unsicher macht, ich spüre dies förmlich. Ich will auch ehrlich sein, ich fühle mich zu Ihnen hingezogen, denn Sie sind eine begehrenswerte Frau und Sie wissen, dass ich Recht habe."

Abends hörte Katja von der Küche aus Gerhard mit Alexius kommen, doch beide verschwanden im Keller. Alexius Weggehen hatte sie nicht mitbekommen. Erst beim Abendessen sagte Gerhard ganz nebenbei: „Entweder du bist ab morgen zu Hause oder wir geben Alexius einen Schlüssel. Er beginnt morgen mit den Arbeiten."

Es war schon fast 11 Uhr, aber von Alexius war weit und breit nichts zu sehen. Einerseits beruhigte sie dies, andererseits fragte sie sich, wo er denn blieb, obwohl sie mit gemischten Gefühlen an die Begegnung dachte.

Erik hatte sie in der Früh angerufen, doch Katja war diesmal beim Telefonsex nicht ganz bei der Sache, was Erik sofort bemerkte. „Mir geht es nicht gut, ich habe Kopfschmerzen", log sie.

Tatsache war, dass sie sich vor der Zeit mit Alexius fürchtete, denn dieser hatte sie bereits durchschaut. Er sah verdammt gut aus und außerdem hatte er zwar ein freches, aber durchaus gewinnendes Wesen und zeigte unverhohlen sein Interesse an ihr. Er hatte etwas an sich, das sie verunsicherte. Katja konnte nicht leugnen, dass er sie nicht nur mit seiner Erscheinung sondern auch mit seiner flotten Art beeindruckte.

Plötzlich stand er im Wohnzimmer: „Hallo, lassen Sie immer die Haustüre offen, damit die bösen Buben sie besuchen können? Aber keine Angst, jetzt bin ja ich da um Sie zu beschützen. Ich könnte eine Scheibtruhe gut gebrauchen, damit ich das Material nicht einzeln in den Keller tragen muss."

„Die finden Sie im Garten", war ihre kurze Antwort. „Sie tun ja sowieso als wären Sie hier zu Hause", ging an ihm vorbei, um den restlichen Müll hinauszutragen.

Als sie vom Einkaufen zurückkam, sah sie Alexius mit nacktem Oberkörper, Apfel essend, im Garten.

Da er eine Latzhose trug, konnte sie die nackten, von der Sonne gebräunten Schultern, Hals und Brust sehen. Katja fand, dass der Mann einen schönen muskulösen Körper hatte, was zu ihrer Verunsicherung noch mehr beitrug.

Alexius, der sie hinter dem Küchenfenster sah, winkte ihr zu. Nun trat Katja mit den Worten: „Ich wollte Ihnen gerade etwas zum Essen anbieten", in den Garten hinaus „wie ich sehe, komme ich zu spät."

„Ja. Wenn Sie mir einen Kaffee anbieten und mir beim Trinken Gesellschaft leisten, würde ich nicht nein sagen."

Katja war sprachlos über so viel Unverfrorenheit, dennoch brühte sie frischen Kaffee auf. In diesem Moment war ihr noch nicht bewusst, dass sie widerspruchslos alles tun würde, was er von ihr verlangte. Dann saßen sie sich in der Küche gegenüber und tranken stumm ihren Kaffee, wobei er sie ebenso stumm ansah. Katja überlegte schon aufzustehen und zu gehen, als Alexius sie anlächelte und meinte: „Daran könnte ich mich gewöhnen, mit ihnen Kaffee, Tee, ein Glas Wein oder Sekt zu trinken."

„Mein Mann hat mir aufgetragen, mich um Sie zu kümmern. Wenn Sie artig sind, dann können Sie natürlich mit unserer Gastfreundschaft rechnen, denn er will nicht, dass Sie bei uns im Keller eventuell verhungern oder verdursten."

Katja fragte sich, wieso ihr Mann Alexius die Arbeit im Keller machen ließ? *Jetzt bin ich bald fünfundvierzig, das Haus ist beinahe zwanzig Jahre und jetzt bekommen wir eine richtige Elektroinstallation anstatt des Kabelsalates und der vielen Verteilersteckdosen in unseren Keller, ich kann es nicht glauben.*

„Womit haben Sie meinen Mann überzeugt, dass er Ihnen die Arbeit über-tragen hat."

Alexius erzählte Katja, dass er mit Gustav vier Wochen durch Griechenland getrampt war. „Gustav erzählte mir viel von Österreich und so habe ich mich entschlossen ihn zu besuchen, außerdem kann ich mein Deutsch verbessern."

„Sie sprechen doch sehr gut Deutsch, wo haben Sie das gelernt?"

„Wir haben in der deutschen Botschaft gewohnt, denn mein Vater arbeitete dort. Ihr Mann hat sich meine Arbeiten angesehen und meine Umsicht, auf die Bedürfnisse der Bewohner einzugehen, hat ihn sehr begeistert. Die Installationen werden so ausgelegt, dass keine Verlängerungen mehr benötigt werden, sondern genügend Steckdosen und Stromkreise vorhanden sind. Ich habe mich über die vielen Verlängerungen und diversen Verteilersteckdosen, die bisher vorhanden waren, gewundert. Wenn ich Sie richtig verstanden habe, dann herrscht dieses Elektrochaos seit vielen Jahren."

„Ja, und wenn wir ein neues Gerät bekamen, dann wurde halt eine weitere Verlängerung gelegt. Ich habe mich daran gewöhnt und ich bin sicher, der Keller wird auch nachher nicht verputzt."

Alexius wechselte unvermutet das Thema und sagte: „Es geht mich zwar nichts an, aber als ich Gerhard kennen lernte, hätte ich mir nie träumen lassen, dass Gerhard eine so begehrenswerte Frau hat.

„Wieso kommen Sie zu dieser Meinung?"

„Gerhard ist nicht der Typ, den Frauen wie Sie heiraten. Oder war es doch Liebe? Verzeihen Sie, war Gerhard immer schon so stark oder stehen Sie auf so starke Männer? Dann schwinden meine Chancen gewaltig."

Da war sie wieder, diese versteckte Anspielung. „Drehen Sie sich um und betrachten Sie das Bild. Erkennen Sie Gerhard?"

Alexius betrachtete das Bild der Fußballmannschaft.

„Nein."

„In der zweiten Reihe, der Erste von links."

„Das ist Gerhard?"

„Ja, das war er, bevor wir geheiratet haben. Wollen Sie noch immer behaupten, Gerhard war kein fescher junger Mann?"

Alexius war etwas verwirrt, denn der junge Mann sah ja wirklich nur bei genauer Betrachtung Gerhard ähnlich. „Erlauben Sie mir die Frage, wie alt er auf dem Bild war?"

„Zwanzig."

„Dann ist Gerhard um einiges älter als Sie."

„Ja, schon und er hat auch einiges an Gewicht zugelegt in all den Jahren, wie Sie ja trefflich festgestellt haben."

Ab nun saßen sie mittags und beim Nachmittagskaffee beisammen und plauderten. Alexius nützte diese Gelegenheit, um Katja für sich zu gewinnen. Er nahm ihr den Wäschekorb ab oder half ihr, den Einkauf hineinzutragen, wenn er gerade in der Nähe war. Katja ihrerseits versuchte mehr über ihn zu erfahren und wollte natürlich wissen, wie es so mit seinen Freundinnen aussah.

„Da muss ich Sie enttäuschen. Ich liebe seit meiner Jugend reife Frauen. Natürlich hatte ich einige wunderbare Erfahrungen mit diesen Frauen, aber die konnten natürlich nie von allzu langer Dauer sein, denn diese Frauen sind ebenso vergeben wie Sie."

„Gut, das leuchtet mir ein, also haben Sie den Frauen den Kopf verdreht und sich dann aus dem Staub gemacht."

„Nein, nein so ist das nicht gemeint."

„Wieso waren sie dann von kurzer Dauer?"

„Erstens findet man selten verheiratete Frauen, die über ihren Schatten springen. Weiters muss eine gewisse Sympathie vorhanden sein, man muss sich riechen können, was sehr wichtig ist, und die Bereitschaft sich der absoluten Lust und dem Rausch der Gefühle hinzugeben, muss vorhanden sein. Außerdem sollte man sich schon im Klaren sein, dass dies nicht von langer Dauer sein kann, ohne die Ehe, die Familie und all das Erreichte aufs Spiel zu setzten. -

Wenn ich den Eindruck hatte, dass eine Ehe schon zum Scheitern verurteilt war, dann habe ich den Frauen klipp und klar gesagt, dass ich kein Scheidungsgrund sein möchte. Ich liebe meine Freiheit und möchte mich in keinster Weise binden. Treu sein kann und will ich nicht bis die Richtige kommt und ich an eine Familie denke. Ich habe nie eine Beziehung auf Lügen aufgebaut, nur um die Frau für mich zu gewinnen. Tatsache ist, wenn ich mit einer Frau beisammen war, dann war sie die absolute Königin und ich ihr Diener. Ihr Lächeln, ihre Lust, die Erfüllung waren und sind für mich wie der Beifall für einen Schauspieler. Es gibt nicht Schöneres als eine Frau in den Händen zu halten, deren Körper völlig entspannt ist und in dem Glückshormone Einzug gehalten haben."

„Nun, wenn Sie solche Frauen gefunden haben, wieso war es dann aus?"

„Katja, Sie dürfen dabei nicht vergessen, wie viel Zeit haben solche Frauen? Es muss beiden von vornherein klar sein, dass die Beziehung nicht von Dauer sein kann, die Gunst der Stunde muss genützt werden. Eigentlich ist es ja auch keine Beziehung, sondern lediglich ein kurzes Intermezzo, welches von Sex geprägt ist. Man kann all das ausleben, was man sonst nicht bekommt oder wovon man träumt. Solche Stunden sind eben ganz anders als zu Hause. Allein die Tatsache, dass sich die Frauen auf den Augenblick freuen, sich darauf einstimmen und nicht dem plötzlichen Drang des Mannes nachgeben müssen und dann so tun als wäre alles in bester Ordnung. Natürlich sehnen sich diese Frauen auch danach, dass man mit ihnen ausgeht, ein Theater oder Konzert besucht, aber das ist schon eine sehr heikle Situation und die Gefahr gesehen zu werden, ist sehr groß. Man muss sich halt etwas einfallen lassen, es gibt viele andere Möglichkeiten um das Beisammensein in einer schönen Umgebung zu genießen, auf einer Blumenwiese, ein Picknick am Fluss. Was ist los, Katja? Sie sind ja so in Gedanken versunken, langweile ich Sie?"

„Alexius, lassen Sie mich bitte allein." Er stand auf, räumte wie immer das Geschirr in die Spülmaschine, doch diesmal schweigend und ging in den Keller.

Katja war noch eine Weile in Gedanken versunken und dachte an Erik, dessen Einstellung auch nicht viel anders war. Die Nähe von Alexius bereitete ihr Unbehagen, denn einerseits wäre dies wieder einmal eine Möglichkeit sich fallen zu lassen, andererseits war sie sich nicht sicher, ob dahinter nicht Gerhard steckte, der ihr unbewusst eine Falle stellte. Katja beschloss dies herauszufinden und ging in den Keller.

Alexius fädelte gerade Leitungen ein und befestigte diese mit Gips. Er tat aber so, als würde er sie nicht bemerken.

„Alexius, ich hätte eine Frage."

„Ach, Katja, ich habe gar nicht bemerkt, dass Sie hier sind, fragen Sie nur."

„Haben Sie mir das alles erzählt, um auch mich in Ihren Bann zu ziehen, damit Sie dann herumerzählen können, wie ich auf all das reagiert habe oder steckt da noch mehr dahinter?"

Alexius drehte sich um, schaute Katja etwas entgeistert an und meinte: „Das kann nicht Ihr Ernst sein, mich dies zu fragen, wo ich doch sicher bin, dass Sie mit ihren Mann kaum das erleben, wovon Sie träumen, geschweige denn, dass er weiß, wie er eine Vollblutfrau wie Sie sexuell glücklich machen kann. Meine Erlebnisse oder Bekanntschaften sind ein von mir gehütetes Geheimnis. Ich habe Ihnen das auch nur erzählt, damit Sie wissen, welche Einstellung ich zu diesen Dingen habe. Ich möchte Ihr Diener sein und Sie meine Königin. Sie fühlen doch auch, dass es zwischen uns knistert und es bald zum Flächenbrand kommt."

„Wie stellen Sie sich das denn vor, hier ist das anders. Mich kennen die Leute und wenn die Müllers oder Gustav davon erfahren, dann weiß es die ganze Gegend."

„Das denken Sie von mir? Ich würde dieses Geheimnis in mein Herz einschließen."

„Ich wollte nur wissen, ob Sie von Gerhard beauftragt wurden", drehte sich um und ging. Oben angekommen zog sie ihre Laufsachen an, stieg ins Auto und fuhr zum Mühlbach.

Katja hatte festgestellt, dass sie beim Laufen ihren Kopf stets frei bekam und die Dinge in einem anderen Licht sah. Wenn sie schon so einen tollen Mann im Keller hatte, sollte sie da nicht doch zugreifen oder wäre das zu riskant? Andererseits waren sie von 7 Uhr bis mindestens 16 Uhr allein. Alexius war ein absolut fescher Mann und sie hatte sowieso schon lange keine lustvollen Stunden mehr erlebt. Ja, sie gingen ihr ab, die Kerze war kein Ersatz, wenn man wusste wie es sein könnte.

Es war Alexius, der beim Mittagessen fragte, ob sie nicht Lust hätte, mit ihm zum nahen Ziegelteich zu fahren, um sich im kühlen Nass von dieser Hitze zu erfrischen. „Wenn wir getrennt fahren, dann kann ich hinterher noch die Besorgungen machen, die ich brauche und Sie wären ganz unabhängig. Was halten Sie von meinen Vorschlag?"

„Er klingt verlockend und ich hatte sowieso schon daran gedacht, ins Bad zu fahren, aber die Therme ist mir einfach zu heiß. Die Idee mit dem

Ziegelteich ist ideal. Wo ist denn einer, wo man noch schwimmen kann?"
„Der, den ich meine ist eigentlich ein Geheimtipp für - FKK Freunde."
„In der Sauna bin ich auch nackt."
„Decke, Handtücher habe ich im Auto, Sie brauchen nur hinter mir herzufahren."

Alexius verließ die Straße, bog in einen Forstweg ein und schon sah man die ersten Autos auf diesem parken. Auch sie parkten, er ging zwischen den Bäumen auf ein abgelegenes Wiesenstück zu, breitete die Decke aus entledigte sich blitzschnell seiner Latzhose und seines Slip, nahm kaum von Katja Notiz, lief zum Ufer und hechtete ins kühle Nass. Katja ging, wie Gott sie geschaffen hatte, gemächlichen Schrittes zum Wasser, um ihre Wirkung auf Alexius zu testen.
„Schade, dass ich keinen Fotoapparat zur Hand habe. In dieser idyllischen Umgebung sehen Sie wie Eva im Paradies aus."
Katja musste lächeln, blieb stehen und fragte ihn, ob er denn nun genug gesehen hätte, und sie auch ins Wasser dürfe.
Gemeinsam schwammen sie ein par Runden und landeten dann auf der Decke. Alexius hatte einen durchtrainierten Körper und das, was sie im schlummernden Zustand sah, ließ auf einiges hoffen. Plötzlich kniete er bei ihren Fußsohlen und begann diese zu streicheln und spielte mit ihren Zehen.
„Ich werde Ihnen nun von den Fußsohlen bis zu den Haarspitzen die Wassertropfen ablecken, bevor die Sonne alle auftrocknet und mir kein Grund bleibt, Sie zu berühren."
Katja lag entspannt und ließ ihn gewähren.
Alexius bemerkte zwar Katja gegenüber, dass auf ihren Schamhaaren auch Wassertropen seien, aber da er keine Erlaubnis habe, werde er diese nicht berühren.
„Alexius, ich kann mich auch sonst nicht erinnern, irgendeine Erlaubnis erteilt zu haben, aber ich weiß es zu schätzen."
Seine Zunge leckte von ihrem Körper die Tropfen und zwischendurch küsste er diesen auch. Katja wurde ab dem Nabel unruhiger und als er an den Brüsten war, zeigte sich auch bei ihm die erste Erregung. Alexius war bei ihrem Gesicht angelangt und seine Zungenspitze zog die Konturen der Lippen nach bis sie mit den seinen zu einem Kuss verschmolzen.

Sie hatte zum Aufbruch gemahnt, als ihr die Situation aus den Händen zu gleiten begann. Beide waren aufgewühlt, aber diesen Mann konnte sie in dieser Umgebung nicht so genießen, wie sie es gerne getan hätte und streifte ihr Kleid über.
„Hörst du das auch? Es knistert und knackt immer in den Büschen, als ob sich jemand darin bewegte."
"Das sind höchstens Spanner."
„Was wollen die denn noch sehen, wenn die meisten nackt baden."
„Vielleicht zwei Verliebte, die es nicht mehr aushalten und sich in Gottes freier Natur lieben."

An diesem Tag sah sie Alexius nicht mehr, obwohl sie vermutete, dass er nach den Besorgungen im Keller weiter arbeiten würde. Gerhard fragte ebenfalls nach Alexius, als er von der Arbeit heimkam und ihn nicht im Keller vorfand.

„Vielleicht hat er etwas besorgen müssen, ich bin ja nicht sein Kindermädchen."

Katja wunderte sich tags darauf, das Alexius, obwohl es schon acht Uhr war, noch immer nicht da war. Sie musste weg, schrieb aber noch einen Zettel – Zum Mittagessen bin ich wieder da, Katja - und klebte diesen an die Kellertüre.

Es war schon sehr spät, als Katja in die Gasse einbog, sie sah bereits den Wagen von Alexius und ein freudiges Lächeln huschte über ihr Gesicht Es war schnell gekocht und so ging sie in den Keller, um ihn zu holen.

„Hallo, Katja, eigentlich haben Sie mich lange auf ihren Anblick warten lassen. Wollen Sie mich für unseren Badenachmittag bestrafen?"

„Nein, es war doch eine gute Idee, sich kurz zu entspannen."

„Ja, Sie haben Recht, aber ich glaube, Sie sind zu früh gegangen denn ganz entspannt schienen sie mir nicht".

Er ist und bleibt ein unverfrorener Kerl. „Soll ich nun alleine essen oder kommst mit?"

Sie saßen sich gegenüber und die Spannung schien beiden unerträglich. Katja war sehr unruhig und Alexius spielte alle Register des Verführers.

Katja stand mit den Worten, sie habe Kopfschmerzen, auf. „Entschuldige mich, ich werde mich im Wohnzimmer hinlegen, trinke in Ruhe deinen Kaffee."

Obwohl sie mit geschlossenen Augen auf der Bettbank lag, spürte sie, dass Alexius in der Türe stand und sie betrachtete. Aber er kam nicht herein, sondern ging in den Keller.

Sie stand auf, zog das Kleid aus und legte sich mit BH und Höschen wieder hin. Sie träumte von Alexius, wie er sie streichelte, bis sie bemerkte, dass sie nicht träumte, sondern er neben der Bettbank kniete.

„Katja, ich hielt es im Keller nicht mehr aus, ich sehne mich nach dir."

Seine Hände streichelten ihren Bauch, die Lippen küssten den Brustansatz, bis Katja sagte: „Zieh doch die Latzhose aus." Sie rückte zur Seite, er legte sich zu ihr und die Lippen verschmolzen zu einem langen Kuss. Die Küsse entflammten ihre Lust. Alexius kniete sich zwischen ihre Schenkel. Dann ging alles ganz schnell. Er nahm seinen erregten, gewaltigen Schwanz aus dem Slip, schob Katjas feuchten Slip zur Seite und drang in sie ein. Katja war perplex, damit hatte sie nicht gerechnet, aber dieser Schwanz füllte alles in ihr aus und sie musste doch sehr erregt gewesen sein, denn obwohl er sehr gut ausgestattet war, drang er ohne Probleme in sie. Sie schlang ihre Beine um seine Lenden, um ihn noch mehr zu fühlen. Alexius Bewegungen waren sehr langsam. Er zog sich langsam zurück und glitt ebenso langsam wieder in die Tiefe. Da er sich aber mit den Händen abstütze und seinen Körper bei jeder Bewegung

Richtung Katjas Bauch bewegte, strich er immer über den harten Kitzler. Katja kam in Wellen und Alexius bewegte sich in dieser Stellung weiter und weiter und Katja war beglückt von diesem Hochgefühl. *Ein irres Erlebnis, wenn sich jemand so langsam und gefühlvoll rein und raus bewegt.*

Alexius änderte nun seine Bewegungen, jetzt stieß er immer schnell in sie hinein, zog sich nach wie vor aber ganz langsam zurück. Katja schrie ihre Lust hinaus, er schob ihr eine Hand zwischen die Zähne, so dass sie nur mehr keuchen konnte und mit der anderen Hand und seinen Zähnen nahm er ihre aufgerichteten Nippel, zwickte diese oder biss hinein. Katjas Körper wölbte sich unter ihm und der nächste Orgasmus erschütterte sie. Er ließ von ihr ab, klatschte mit dem verkehrten Handrücken auf ihre erregten Schamlippen. Wie Feuer durchzuckte es Katja, und er spritze ihr seinen Samen auf ihre Brust, schob sein Glied mit den Worten: „Bedanke dich bei ihm" in ihren Mund.

Sie leckte, saugte bis er wieder kam und schluckte, als wäre es der letzte Tropfen vor dem Verdursten.

Katja war über sich erstaunt, dass sie all dies mit sich geschehen ließ, anderseits wusste sie, so wie er von ihr Besitz ergriffen hatte, dass sie nicht so leicht von diesem Mann loskommen würde. Und sie hatte Recht, denn kaum war sie wieder einmal im Keller, stand er schon bei ihr, griff ihr unter den Rock oder das Kleid und schob seinen Schwanz in ihre Grotte und dies geschah immer ohne Mühe.

Katja ging schon mit dem Gedanken an das Bevorstehende, voll Lust auf das Kommende in den Keller oder sie legten sich nach dem Essen ins Bett.

Alexius war die perfekte Ergänzung zu all den anderen. Er spielte nicht herum oder schmuste stundenlang, nein er nahm sie und sie wurde zu seiner willigen Gefährtin. Aber er fickte einfach traumhaft. Wenn er dann in ihr war, liebte er ihren ganzen Körper. Zwischendurch zog er auch recht kräftig an ihren Nippeln oder drückte diese fest, biss einfach zu, versohlte ihr den Hintern oder klatschte mit der flachen Hand auf die Schamlippen, zog mit seinen Nägeln Spuren auf ihren Fußsohlen, so dass sie vor Lust aufschrie. Aber das Herrlichste war, wenn er mit den Knöcheln an ihren erregten Schamlippen rieb, bis sich die Quelle öffnete und es nur so raussprudelte, dies war der absolute Kick. Wenn er sie von hinten nahm, bewegte er sich auf und nieder oder ließ seinen Schwanz in ihr kreisen. Wenn er in ihr kam, dann spürte sie seine Fontäne und wenn er von ihr ließ, dann hatte sie alles im Slip, wenn sie nach oben ging. Katja verstand die Welt nicht mehr. All ihre Erfahrungen bis zu diesem Tage hatten ihr Freude, Lust, Orgasmen und die absolute Erfüllung gebracht und ein in sie Eindringen war immer von ausreichenden Zärtlichkeiten begleitet. Nur bei Alexius konnte sie es kaum erwarten, dass er sie kurz entschlossen nahm. Es gab auch nie Probleme mit dem Eindringen, denn nur der Gedanke an ihn ließ ihren Schoß vor Lust heiß und feucht werden.

Die restlichen vierzehn Tage hatte sie mindestens zweimal am Tag mit ihm Sex und als er mit der Arbeit fertig war, erklärte er ihr, dass er keinen weiteren Kontakt mehr wünsche. „Wir haben das ausgenützt, was uns geschenkt wurde und alles was nun kommen könnte, wären nur Probleme. Solche will ich nicht und du hast es zu akzeptieren."

Katja war wie versteinert, als er ihr dieses mitteilte, sie versuchte Alexius umzustimmen. Aber dieser sagte: „Du bist eine traumhafte Geliebte gewesen, aber es ist Schluss, auch wenn es mir Leid tut. Hier hatten wir die Möglichkeit, draußen gibt es nur Probleme."

Alexius blieb eisern. Ein-, zweimal versuchte sie ihm noch aufzulauern, wenn er von der Arbeit heimfuhr, aber er grüßte nur und ließ sich auf nichts ein.

„Du bist ein sturer Hund," sagte Katja in ihrem Zorn zu ihm.

Er aber sagte ganz bewusst: „Wenn du es sagst. Es war eine traumhafte Zeit mit dir und ich werde oft an diese Stunden denken, du kennst meine Einstellung, akzeptiere sie und behalte mich ebenso in guter Erinnerung wie ich dich."

Und so blieb ihr nichts anderes übrig als ihn zu vergessen, was ihr das erste Mal sehr schwer fiel und ihr nie wirklich gelang.

Katja zieht Bilanz

Jahre sind vergangen, in ihrer Ehe hat sich nichts geändert. Gerhard und Katja leben nebeneinander und auch das Notwendigste wird kaum mehr besprochen. Er meckert herum wie eh und je und je weniger sie ihn in den Alltag einbezieht oder um Rat fragt, umso weniger bekommt sie seine ablehnende Haltung zu spüren.

Katja fragt sich, ob er von ihren erotischen Ausflügen etwas mitbekommt. Aus seinem Verhalten kann sie nichts dergleichen ableiten.

In den letzten Jahren schläft er im gemeinsamen Schlafzimmer immer seltener, danach schleicht er sich ins Wohnzimmer und seit einiger Zeit kommt er überhaupt nicht mehr ins eheliche Bett. Das**s** Gerhard nur im Wohnzimmer schläft stört Katja nicht, denn nun kann sie ihre Träume ausleben und sich ihrer Lust hingeben.

Es gibt seltene Augenblicke wo sich Gerhard auch von seiner anderen Seite zeigt. Sie sind mit Bekannten beim Heurigen und Gerhard ist recht gut aufgelegt, sodass sie ihn beim Heimgehen fragt, ob er sie noch liebt. Gerhard antwortet: „Liebst du mich?"

„Wenn du so bist, wie du heute beim Heurigen warst, dann erkenne ich den Mann, den ich aus Liebe geheiratet habe. Aber das ganze Jahr über lebe ich neben einem Fremden."

„Was beschwerst du dich, du tust doch sowieso was du willst und meine Meinung interessiert dich nicht."

„Das, Gerhard, ist eine Frechheit. Seit Tagen will ich wissen, was du von der Idee hältst, dass Peter Koch lernen will und dies in Tirol oder Vorarlberg."

„Der spinnt genauso wie du, aber das ist eben deine freie Erziehung." *Das ist wieder typisch für ihn, kaum sind keine anderen Personen da, gibt er sich leider wie immer.*

Katja hat den ersten Kursabend und ist schon sehr gespannt, wie dieser ablaufen wird. Das Thema ist viel versprechend: Wie organisiert man sich als Ehefrau und Mutter. Als sie den Kursraum betritt, unterhalten sich schon einige Damen sehr angeregt. Katja steuert auf einen der leeren Stühle zu, nimmt Platz und schaut in die Runde.

In der Tür erscheint eine elegant gekleidete Dame, die sich kurz umblickt, Katja anlächelt und sich auf den leeren Stuhl neben sie setzt.

„Ich hoffe, dass der Platz noch frei ist?"

„Natürlich, ich bin Katja" und sie reicht der Dame die Hand.

„Angenehm, Doris. Ich hoffe, dass dies keine verlorene Zeit ist. Ich wäre gar nicht gekommen, aber mein Mann besteht darauf."

„Wie bitte, Ihr Mann will das?"

„Ja, er meint ich könnte viel mehr Freizeit haben, wenn ich den Haushalt und die Kinder mehr im Griff habe."

„Die Männer haben doch keine Vorstellung von all dem", sagt Katja.

Ein Paar betritt den Raum und geht zum einzigen Tisch im Raum, entnimmt den Taschen Stöße von Papier und legt diese vor sich hin.

Sie ergreift das Wort, wünscht einen schönen Abend und beginnt mit den Worten: „Wir werden nun mit Ihrer Mithilfe Lösungen erarbeiten, indem Sie Ihre Probleme, Sorgen oder allgemeine Fragen zur Diskussion stellen. Es hat sich das gemeinsame Erarbeiten bisher als sehr positiv erwiesen. Der Reihe nach möchte ich von Ihnen ihren Vornamen, die Zahl der Kinder deren Alter wissen, ob es eventuell weitere Mitbewohner, wie Mutter, Schwiegermutter oder andere Personen im Haushalt gibt."

Nach dem Kurs fragt Doris: „Katja, wohin könnten wir noch gehen, ich will noch nicht nach Hause fahren."

Doris und Katja stellen einhellig fest, dass der Kurs zwar Anregungen, Lösungsvorschläge sowie Ziele aufzeigt, dass aber vieles ohne die Bereitschaft der Kinder und des Mannes nicht umsetzbar ist. Was nützt zum Beispiel die Arbeitsaufteilung bei älteren Kindern, wenn diese zwar „ja" sagen, aber immer mit Ausreden kommen, warum sie ihre übernommenen Pflichten nicht erledigen können.

Bei kleineren Kindern soll man versuchen, diese spielerisch zur Mithilfe zu erziehen und ihnen genauso ihre Pflichten näherbringen. Sowohl Doris als auch Katja sind sich einig, dies versäumt zu haben und somit bleibt die Frage offen, ob es dann anderes gelaufen wäre.

Hinsichtlich der angeregten Möglichkeiten, die Männer einzubinden sind sie sich auch einig. Ihre Männer verdienen das Geld und somit ist für die Familie bestens gesorgt, alles andere soll die Frau still und leise und wenn möglich ohne Fragen „an sie" erledigen.

Beide sind überzeugt davon, dass der Mann der Vortragenden nicht der Typ ist, all das im Haushalt zu tun, was er im Kurs so schön darzustellen vermochte.

„Schluss damit", sagt Doris.

„Jetzt geht es um uns und unsere Freizeit, die wir gemeinsam nützen sollten" und sie legt ihre Hand auf Katjas Hand. Dort bleibt sie tröstend liegen: „Wir haben mit unserer Erziehung bestimmt nichts falsch gemacht. Katja, was hältst du davon, wenn wir uns morgen zu einem Spaziergang verabreden? Schau nur so, eben haben wir gelernt, wie man sich organisiert, ich will, dass du dir Zeit nimmst."

Doris' Hand liegt noch immer auf der von Katja und sie fühlt ein ganz zartes Streicheln. Katja fragt sich, ob sie dies als ein Zeichen ansehen soll und willigt ein. Doris ist durchaus eine Frau, mit der sie sich vorstellen kann, Freundschaft zu schließen.

Sie treffen sich im Park und schlendern ein wenig herum. Es ist ein herrlich sonniger Tag, so richtig geschaffen zum blau machen. Im Cafe, am Wasser, sind die streichelnden Hände von Doris wieder sehr emsig mit jenen von Katja beschäftigt. Auch beim Spazierengehen versucht Doris bei jeder Gelegenheit sich an Katja zu schmiegen.

Katja dreht sich zu Doris, sieht dieser tief in die Augen und sagt frei heraus: „Wenn ich nun falsch liegen sollte, dann verzeih mir. Ich glaube, du willst das Gleiche wie ich, wohin gehen wir?"

„Zu mir, ich bin allein."

Sie sitzen im Wohnzimmer, nippten an den Gläsern, welche mit Portwein gefüllt sind. Doris beginnt das Gesicht von Katja mit den Lippen zu kosen, die Hände streicheln die Wangen, den Nacken, den Hals, öffnen die Knöpfe der Bluse, gleiten sanft über die nackte Haut. Sie schlüpfen unter den Büstenhalter, suchen mit den Fingerspitzen die Brustwarzen, finden sie, umkreisen diese. Doris küsst Katja, bis sie nach Atem ringt. Katja genießt den Augenblick und lässt sich fallen, sie weiß, damit kann das Genießen erst recht beginnen. Doris ist nicht nur zärtlich, sondern auch fordernd, denn Katjas Slip landet rasch auf dem Boden, der Rock ist hoch geschoben und Doris Lippen küssen, saugen, knabbern die reife, feuchte Frucht. Doris Zunge umspielt die Schamlippen oder teilt diese, um sich in die Tiefe zu begeben. Katja ist wie von Sinnen, denn Doris weiß genau was sie tut und hält das erste Mal inne, als Katja vom Orgasmus geschüttelt wird. Ihre nackten, sich wälzenden Körper verschmelzen ineinander und Katja kann nicht mehr unterscheiden, ob sie Doris oder diese ihr die gurrenden Lustschreie entlockt. Ermattet liegen sie sich in den Armen, die Körper ineinander verschlungen. „Katja, so kann man auch seine Freizeit verbringen."

*

Katjas Gedanken beschäftigen sich nun auch mit ihren Freunden. Sie kann sich trotz aller schönen Stunden nicht vorstellen wie es wäre, wenn sie mit einem dieser Männer verheiratet wäre. Es ist eben alles anders, wenn man sich für ein paar Stunden trifft, plaudert, ohne wirkliche Probleme anzusprechen und die Lust und Leidenschaft genießt. Eigentlich wurde nie wirklich über eventuelle familiäre Probleme gesprochen und auch nicht, wie ein Miteinander wäre.

Sie liebt die beiden Männer auf ihre Art und ist glücklich, dass es sie gibt. Die Sehnsucht nach ihnen ist immer da, der Alltag sorgt schon dafür, dass man seine Träume und Illusionen nicht leben kann. Vielleicht ist es auch ihre Erziehung, die sie davor bewahrt sich zu sehr zu verlieben.

Katjas Einstellung zum Leben hat sich mit ihren fast fünfzig Jahren kaum geändert, wenn sie ihre Ehe und den Alltag betrachtet. Eine harmonische Ehe, von der sie geträumt hat, hat sich leider nicht erfüllt. Sicherlich hat auch sie Schuld, denn mit dem heutigen Wissen hätte sie vormals viel früher feststellen können, dass in ihrer Ehe etwas schief läuft. Sie konnte nicht wissen, dass sich Gerhard so sehr nach seinem Vater entwickeln würde und er auch nie bereit war sich zu ändern.

Es ist eine Tatsache, dass man als Kind vieles lernt, auch fürs Leben. Wie man sich in einer Beziehung verhalten soll, um diese lebendig und harmonisch zu gestalten, darüber erfährt man nichts. Niemand klärt einen darüber auf, dass Sex nicht nur eine eheliche Pflicht ist. Wie also soll man Veränderungen entgegensteuern, wenn man erst durch Schaden klug wird? Solange man verliebt ist, sieht man alles durch die rosarote Brille. Wenn sich die gefärbten Scheiben ins Klare verändern, dann ist es meistens zu spät, dagegen etwas zu tun. Der Karren ihrer Ehe ist so verfahren, dass ihr Bemühen um klärende Gespräche stets damit abgeschmettert wird, sie sei unzufrieden und undankbar.

Heute sind die jungen Männer in ihrer Einstellung zur Familie und den Kindern, dem gemeinsamem Haushalt aufgeschlossener und das Miteinander oder Gemeinsame greift in vielen Familien. Auch die jungen Mädchen sehen sich nicht nur als Mutter und Hausfrau. Viele von ihnen müssen zum gemeinsamen Hauhaltsbudget beitragen und stellen sich vom ersten Tag an auf die Beine. Ein Großteil der heutigen Väter ist bei der Geburt dabei, was auch sie vom ersten Augenblick stärker in die Verantwortung einbezieht.

Katja erlebt in der Gemeinde diese jungen Familien, natürlich gibt es auch dort nicht nur Sonnenseiten, aber Zerwürfnisse sind wesentlich seltener als in ihrer Ehe. Außerdem ist es für die Männer heut zutage nicht mehr so leicht, mit einem Ehering eine ewige Haushaltshilfe in Form einer Ehefrau, die auch für die gemeinsamen Kinder sorgt, an sich zu binden. Die Frauen sehen in einer Trennung nicht wie früher eine große Gefahr, da ihnen bei der Durchsetzung ihrer Ansprüche mannigfache Hilfestellungen geboten werden.

Katjas Überlegungen, sich von Gerhard zu trennen, hat sie in den vergangenen Jahren längst aufgegeben. Die Kinder sind bald alle aus dem Haus. Gerhard lebt sein Leben und scheint damit zufrieden, obwohl sich Katja fragt, was ihm eigentlich so sehr daran gefällt. Er geht zur Arbeit, betreibt keinen Sport, ist mit Freude bei der Feuerwehr und ist mit seinem Fernseher im Wohnzimmer und der Bettbank zufrieden, wenn er nur nicht gestört wird.
Alles was im Haus anfällt, muss Katja managen. Sie selbst hat jede Freiheit, denn für die Familie zu sorgen ist für sie selbstverständlich und sie achtet genau darauf, dass alles reibungslos klappt. Natürlich ärgert sie sich, dass die erwachsenen Kinder alles fallen lassen, nach der Mama schreien, wo ist dies oder das und es als selbstverständlich ansehen, dass alles an Ort und Stelle ist. Ihr Jammern, wenn sie der Meinung sind, dass sie genau das anziehen müssten, was noch in der Wäsche ist oder auf das Bügeleisen wartet, empfindet Katja zunehmend als Provokation.

Katja hat dennoch ihren Lebensrhythmus gefunden. Familie, Haushalt, die Pfarre, ihre Kurse, Bücher lesen und ihre seltenen, aber doch stattfindenden erotischen Ausflüge mit den jahrelangen Freunden.

Einen Nachfolger für Alexius gibt es nicht. Jaromir, an den sie immer wieder denkt und von dem sie sich wünschte zumindest einmal mit ihm intim gewesen zu sein, hat sie niemals wieder gesehen.
Mit Franz, Erik, Lara, sowie Doris verbindet sie längst nicht nur der Sex, sondern auch eine aufrichtige Freundschaft.

Natürlich fragt sich Katja, was ihr das Leben noch an Schönem und Bereicherndem bringen wird, denn sie würde sich neuen Abenteuern nicht verschließen. Sie weiß doch wie schön es sein kann, eine Frau zu sein, wenn der Richtige sie begehrt.

Zeitfracht Medien GmbH
Ferdinand-Jühlke-Straße 7
99095 Erfurt, Deutschland
produktsicherheit@kolibri360.de